Schauspiel für Miro

Andrea Wolf-Burger

Schauspiel für Miro

Erzählungen

Bibliografische Information der Deutschen Bibliothek:
Die Deutsche Bibliothek verzeichnet diese Publikation in der Deutschen
Nationalbibliografie; detaillierte Daten sind im Internet über
<http://dnb.ddb.de> abrufbar.

© 2006 Andrea Wolf-Burger
Satz, Umschlagdesign, Herstellung und Verlag: Books on Demand
GmbH, Norderstedt
ISBN 10: 3-8334-5227-7
ISBN 13: 978-3-8334-5227-7

Inhalt

Der perfekte Beschützer

Einige hatten mich besessen, vor ihr. Aber keiner meine Seele.

Weder der adelige Kahlkopf mit der Vorliebe für alten Whiskey und junge Frauen, noch der kokainsüchtige Barbesitzer aus dem Eastend. Ebenso wenig die drei oder vier Gestalten, die danach gekommen waren. Für alle war ich nur ein Renommierstück gewesen, ein Demonstrationsmittel des Wohlstandes, egal, ob dieser tatsächlich vorhanden gewesen war oder nicht. Ich hatte stets brav meine Pflicht erfüllt und einiges erlebt. Pikante, gefährliche und oft auch amüsante Dinge. Doch ich bin diskret. Diskret und zurückhaltend, so wie es meine Herkunft verlangt.

Die erste Hand, die mich je gestreichelt hat, gehörte einer Frau Mitte dreißig. Sie war auf den Hof des Gebrauchtwagenhändlers gekommen, zielstrebig auf mich zugegangen und hatte meinen dunkelgrünen Lack berührt. Fast zärtlich. Der Händler witterte einen großen Deal und schilderte meine Vorzüge und Qualitäten in den leuchtendsten Farben. Aber all diese technischen Belange schienen die Frau nicht sonderlich zu interessieren. Da war etwas anderes zwischen uns. Sie versuchte noch nicht einmal, zu handeln. Wollte sofort und bar zahlen. Der Händler konnte sich das Grinsen kaum verkneifen.

Der Kauf und die Formalitäten waren schnell erledigt, und ich war schon gespannt auf mein neues Zuhause. Sie fuhr vorsichtig, aber nicht schlecht, und sie behandelte mich respektvoll. Als sie in den Rückspiegel sah, stellte ich fest, dass sie eigentlich ganz hübsch war. Unterwegs erzählte sie mir, dass sie schon lange auf mich gespart und gewartet hatte. Seit der Kindheit war es ihr Traum gewesen, einen Wagen wie mich zu besitzen. Und in ihrem Leben waren schon viele Träume erloschen.

Sie war allein stehend, besser gesagt geschieden, und hatte keine Kinder. Ihren Lebensunterhalt verdiente sie sich als Krankenschwester in einer großen Klinik.

In der Gray's-Inn-Road bewohnte sie ein kleines Zimmer mit Kochnische. Ich entschloss mich, ihr mehr zu sein als ein Fortbewegungsmittel. Denn diese Frau, die keine großen Reichtümer besaß und sich über ein Auto freuen konnte, das, ganz ehrlich gesagt, seine besten Jahre schon weit hinter sich zurückgelassen hatte, besaß Charakter und Herz. Das spürte ich daran, wie sanft sie die Gänge einlegte. Vielleicht war sie ein bisschen zu einfältig, zu anständig für eine Zeit, in der nur Ellenbogendenken und entsprechendes Verhalten nach oben und nach vorn führen. Gegen Abend erreichten wir unser Ziel.

Sogar eine Garage hatte sie für mich gemietet. Und frisch gestrichen! An die Seitenwände der Garage hatte sie Schaumstoffstreifen geklebt, um meine Türen vor Kratzern zu schützen. Sie stieg aus, schloss die Türen ab und verabschiedete sich von mir, nicht ohne vorher noch einmal über mein Dach gestreichelt zu haben.

Am nächsten Morgen hatte sie Dienst. Ihre Bescheidenheit, ja vielleicht sogar eine leise Angst, als Angeberin zu gelten, ließen sie es vorziehen, mit der Underground in die Klinik zu fahren.

Am Abend kam sie. Nicht um zu fahren. Nur, um mich anzuschauen und zu berühren. Als sie diesmal ihre Hand sanft über mein Dach gleiten ließ, spürte ich, dass sie Angst hatte. Aber vor wem oder vor was?

Am nächsten Tag hatte sie frei und wir machten unseren ersten gemeinsamen Ausflug aufs Land. Nachdem wir den tobenden Verkehr in und um London langsam hinter uns gelassen hatten, erzählte sie mir von ihrer gescheiterten Ehe. Von ihrem Exmann, der sie ausgenutzt und sogar geschlagen hatte. Der sie auch jetzt, nach ausgesprochener Scheidung, ständig anrief und bedrohte, oder sogar Geld verlangte. Jetzt konnte ich mir ihre Angst, die ich am Vorabend gespürt hatte, erklären. Es trifft immer die Falschen, dachte ich.

Als sie in einem kleinen Landgasthaus einkehrte, parkte sie so, dass ich nicht direkt auf dem Präsentierteller stand, sie mich aber trotzdem gut im Auge behalten konnte. Und nach dem Mittagessen spendierte sie mir eine Wäsche der Luxusklasse.

Als wir, am späten Nachmittag, wieder zu Hause angekommen waren, wartete bereits ein ungepflegter Geselle auf uns. Woher wusste er über die Garage, die doch relativ weit von ihrer Wohnung entfernt lag, Bescheid? Erzählt hatte sie ihm bestimmt nichts davon. Er spionierte ihr scheinbar Tag und Nacht hinterher. Ich spürte, dass ihre Hände vermehrt Schweiß absonderten, als sie sich um mein Lenkrad krampften. Ebenfalls entging mir nicht, dass von dem schmierigen Mann mit der pockennarbigen Haut Gefahr ausging.

Sie parkte in der Garage und versuchte, zwar widerwillig angesichts der bedrohlichen Gestalt, aber trotzdem, die Tür zu öffnen. Ich konnte nicht zulassen, dass sie ausstieg.

Also ließ ich die Fahrertür deutlich klemmen. Sie verstand meinen Hinweis nicht und versuchte, schon mit etwas mehr Kraft, auszusteigen. Noch konnte ich Widerstand leisten.

Als der Pockennarbige plötzlich in der Garage stand und mit aller Wucht am Türgriff riss, musste ich nachgeben.

Der Ausdruck in ihrem Gesicht war eine Mischung aus Angst und Resignation. Der Mann griff in ihr Haar und zog sie unsanft heraus. Ließ sie auch nicht los, als sie gebückt und zitternd neben ihm stand.

»Ich dachte, du hast kein Geld?«

Sie weinte.

»Trevor, bitte lass mich in Ruhe. Ich habe dir nichts getan.«

»Nichts getan? Verhungern lassen würdest du mich, aber für einen Jaguar hast du genug Kohle, ja?«

»Er war nicht teuer, und außerdem habe ich sowieso ein Auto gebraucht.«

»Ich werde dir gleich zeigen, was du brauchst.«

Er ohrfeigte sie mehrmals, stieß ihren Kopf so stark gegen die Wand, dass sie ohnmächtig wurde und zu Boden sank.

»Beim nächsten Mal bringe ich dich um, du Miststück«, zischte er und trat heftig in ihre Seite.

Meine Wut war kurz vor dem Überkochen. Ich musste eingreifen. Der Kerl schaute mich neugierig an und, wie ich es mir vorgestellt und erhofft hatte, konnte er der Versuchung nicht widerstehen. Er stieg über den Körper seiner Exfrau, setzte sich auf den Fahrersitz, drehte den Schlüssel im Zündschloss herum, knallte den ersten Gang hinein und fuhr mit quietschenden Reifen aus der Garage und davon. Ich musste zurück, helfen. Wusste allerdings nicht, wie. Vielleicht hatte sie innere Verletzungen. Ich musste etwas tun, und zwar bald. Der Grobian fuhr weiterhin mit atemberaubender Geschwindigkeit. Plötzlich blieb ein Kieslaster, der vor uns gefahren war, stehen. Trevor trat aufs Bremspedal. Doch ich reagierte nicht. Der Aufprall war massiv, kostete uns beide das Leben. Das Letzte, was ich noch für sie tun konnte, war durchdringend zu hupen. Wir waren noch nicht allzu weit von der Garage und von ihr entfernt. Vielleicht würde man sie finden und noch rechtzeitig versorgen können.

Als man mich, oder das, was von mir übrig geblieben war, abschleppte, sah ich, dass ein Notarztwagen vor der Garage stand, und meine Freundin auf einer Bahre herausgetragen wurde. Sie war wieder bei Bewusstsein. Lächelte schwach.

Deutlich sah ich, wie sie ihre Hand, zum Dank und letzten Gruß an mich, hob.

Schauspiel für Miro

Welche Beweggründe konnten entfernte Verwandte haben, wenn sie sich, nach Jahrzehnten der Kontaktabstinenz, überraschend meldeten? Wahrscheinlicher als ein plötzlicher Ausbruch von Familiensinn war, dass sie einen anpumpen wollten. Oder dass jemand gestorben war.

Miro hatte eine Weile gebraucht, bis er verstanden hatte, dass es sich bei der Katharina am anderen Ende der Leitung um die Tochter seines einzigen Cousins handelte. Die diffuse Vorstellung von einer jungen Frau wollte nicht klarer werden. Miro ließ sich seine Verwunderung aber nicht anmerken, und zwei Minuten später hatte er die Einladung angenommen und aufgelegt. Er setzte seine Arbeit fort, als hätte es das Telefonat nicht gegeben, schrubbte die groben Bodendielen und polierte die Zapfhähne und Armaturen, bis er sein Gesicht wie in einem Spiegel darin sehen konnte. Er räumte alle Flaschen aus den Regalen und wischte Staub, der nicht vorhanden war. Das abschließende Ritual war jeden Tag das gleiche: Miro holte eine kleine Trittleiter hinter dem Tresen hervor, ging damit vors Haus und polierte das Emailleschild, auf welchem der Name seiner Kneipe stand. Zärtlich zog sein Zeigefinger jeden der fünf Buchstaben nach. Er würde nicht verkaufen. Niemals.

Egal, wie viel Geld sie ihm auch bieten würden. Vorsichtig stieg er von der Leiter herunter, ging wieder hinein und überprüfte mit kritischem Blick, ob alles in Ordnung war. Schließlich sollten sich seine Gäste bei ihm wohl fühlen. Es interessierte ihn in diesen Momenten nie, dass seit zwei Jahren kaum noch Gäste kamen.

Miro war vor vielen Jahren übers Meer gekommen, war aber eher den Familienrivalitäten als dem Regime entflohen. In Ancona war er von Bord gegangen und hatte sich später einige Kilometer weiter nördlich niedergelassen. Selbstverständlich an der Küste. Denn er konnte sich nicht vorstellen zu leben, ohne das Meer zu hören und zu riechen. Längst fühlte er sich als Italiener, allein der Name seiner kleinen Kneipe gab Auskunft über die Wurzeln.

Nun sollte das »Split« einer Schnellstraße weichen, doch kein Angebot hatte Miro dazu bewegen können, das Haus, in welchem sich die Kneipe und seine Privaträume befanden, aufzugeben. Hier hatte er sich, mit seiner Hände Arbeit und Marias Hilfe, sein eigenes, zufriedenes Leben aufgebaut. Nie war er in seine Geburtsstadt zurückgekehrt, und er hatte sie auch nicht vermisst. Nur manchmal, wenn sein Blick übers Meer geglitten war, hatte er sich gefragt, was aus seiner Familie auf der anderen Seite geworden war.

Sein Vater und dessen Bruder hatten in einer Art Dauerwettkampf gelegen, der schon lange vor Miros Geburt angefangen haben musste. Jeder wollte den anderen übertrumpfen, sei es mit einem größeren Fischerboot oder mit dem schöneren Mädchen. Selbst der Tod hatte die Rivalität zwischen den beiden Platzhirschen nicht auflösen können:

Sie hatte sich zwischen Miro und seinem Cousin Zoran fortgesetzt. Die treibende Kraft war allerdings eher Zoran gewesen, und nachdem er Miro die Verlobte ausgespannt hatte, war Miro nach Italien abgehauen und hatte sich nie wieder gemeldet. Wessen Tochter Katharina wohl sein mochte?

Mit gemischten Gefühlen setzte sich Miro vierzehn Tage später in seinen klapprigen Kombi und fuhr nach Ancona, wo er die Fähre nach Split nahm. Sie hatten Gegenwind, Miro schaffte es nicht, sich an Deck eine Zigarette anzuzünden. Würde er ein Willkommener sein? Warum hatten sie ihn überhaupt eingeladen? Sie konnten nichts von seiner kranken Leber wissen. Denn die Einzige, die er eingeweiht hatte, war Giovanna, die beste Freundin seiner viel zu früh verstorbenen Maria.

Trotz aller Zweifel schlug sein Herz wie wild, als sie auf der anderen Seite der Adria anlegten. Wie in Trance lenkte er seinen Kombi vor das Haus seines Onkels, das jetzt renoviert und ein kleines Schmuckstück war.

Sie hatten ihn schon erwartet. Katharina, hundertprozentig Dunjas Tochter, und drei kleine, herausgeputzte Mädchen begrüßten ihn so stürmisch, wie das Meer gewesen war.

»Onkel Miro, Onkel Miro!«, riefen die Kleinen und tanzten um ihn herum, während ihm Katharina lange die Hand drückte und ihn mit offener Neugier ansah. Sie berührte sachte seine Schulter und führte ihn, wie selbstverständlich, ins Haus.

»Ich hoffe, du hast eine angenehme Überfahrt gehabt!«, sagte Katharina, und selbst ihre Stimme war die von Dunja. Miro bemerkte es ohne jeden Schmerz, denn Maria hatte ihn seine ehemalige Verlobte fast vergessen lassen. Wer weiß, ob er mit Dunja so viel Glück gehabt hätte?

Das Gästezimmer, das sie für ihn hergerichtet hatten, war hell und bot einen fantastischen Ausblick aufs Meer. Miro genoss seinen Aufenthalt und freute sich ehrlich, dass es der Familie seines Cousins offenbar gut ging. Katharina arbeitete in einem Zahnlabor, und ihr Mann war leitender Angestellter in der Hafenmeisterei. Die junge Familie war von protzigem Gehabe allerdings weit entfernt, und Miro fing an, sich über seine neue Familie zu freuen. Er spielte mit den Mädchen im Hof, unterhielt sich lange mit Katharina und begleitet ihren Mann manchmal zum Hafen. Eines Tages sprach Katharina auch von Zoran.

»Mit zunehmendem Alter ist Vater schwermütig geworden. Ich glaube, er hat vieles bereut, was er dir angetan hat.«

»Du weißt also …«

»Ja. Mutter hat mir alles erzählt. Nun leben beide in einem Pflegeheim. Wenn du möchtest …«

Miro hatte bis zu diesem Augenblick nicht nach Zoran und Dunja gefragt. Dass sie in einem Heim lebten, schockierte ihn mehr, als wenn er vom Tod der beiden erfahren hätte. Und als er sie, begleitet von Katharina, am nächsten Tag besuchte, war sein Herz schwer. Sein gleichaltriger Cousin und dessen etwas jüngere Frau erkannten ihn nicht. Starrten nur, in ihren Betten liegend, an die Decke. Miro verstand, dass Katharina ihre Eltern nicht zu Hause pflegen konnte. Sie brauchten rund um die Uhr fachgerechte Betreuung. Sicherlich war die Unterbringung im Pflegeheim sehr teuer, doch Miro traute sich nicht, danach zu fragen. Er brauchte auch nicht zu fragen.

Denn die Kulisse des scheinbaren Wohlstandes hatte sich schon einige Male einen Spaltbreit für ihn geöffnet. Zum Beispiel, als die Mädchen schäbige Geschirrtücher aus dem Schrank geholt hatten und damit abgetrocknet hätten, wären ihnen diese nicht mehr oder weniger diskret von der Mutter weggenommen worden. Auch das große Auto der Familie war offenbar nur geleast, Miro hatte Katharina spät abends, als man ihn längst im Bett glaubte, über die hohen Raten jammern hören.

Und ihren Mann hatte Miro schon dreimal bei helllichtem Tage im Kaffeehaus in der Stadt beobachtet. Hatte er etwa gar keine Arbeit? War alles nur Fassade, alles Theater?

Miro schlief unruhig in seinem behaglichen Gästezimmer.

Er dachte daran, was ihm der Arzt vor zwei Monaten gesagt hatte.

»Ein halbes Jahr noch … höchstens. Regeln Sie, was zu regeln ist.« Hatte Giovanna etwa Kontakt mit Katharina aufgenommen? Doch warum waren sie nicht ehrlich zu ihm? Wollten sie nicht als Bittsteller oder Erbschleicher erscheinen? Allerdings wusste Giovanna nicht, dass ihm für sein Haus in Italien eine sehr große Summe geboten worden war.

Am nächsten Morgen, als die Mädchen zur Schule gegangen waren, und Katharinas Mann zumindest so getan hatte, als sei er zur Arbeit gefahren, sprach er Katharina an. Auf die Armut, die er durch verschiedene Ritzen in der Fassade gesehen hatte.

»Uns geht es gut, besser könnte es gar nicht gehen!«, antwortete Katharina, das Kinn nach vorn gereckt. Er sah, dass sie log. So wie ihn einst Dunja belogen hatte, als sie schon längst Zorans Geliebte gewesen war. Miro fragte nicht weiter nach. Doch in seinem Innersten reifte längst ein Plan.

Einige Tage später verabschiedete er sich und fuhr wieder übers Wasser. Er floh, wie damals, vor einer Lüge. Nur dass sein Herz damals voller Hass gewesen war, und nun war es schwer von Mitleid.

Zu Hause fand er einen Brief vom Stadtbauamt vor. Man bot ihm letztmals eine hohe Summe für sein Haus an. Miro zögerte nicht eine Sekunde, sagte zu und ließ alles notariell regeln.

Am Abend, nachdem er seine Unterschrift unter den Vertrag gesetzt hatte, holte er die Trittleiter hinter dem Tresen hervor, ging hinaus und hängte das Emailleschild vorsichtig ab. Er klemmte es unter den Arm und lief damit zu seinem Lieblingsplatz. Seine Finger zeichneten immer wieder fünf Buchstaben nach, und er schaute hinaus auf das Meer.

Freunde

Gleich der steten Wärme
des Steinofens im Winter
wohltemperiert ihr
meinen Weg

Seid weder Sturmflut
noch Dürre
doch ein ruhiger Fluss
der trägt

Ihr lärmt nicht
wie ein Böllerwerk
und schweigt nicht
wie der Tod
von harmonischem Klang
bin ich umhüllt

Wenn auch
mancher Hochseilakt
des Lebens mir missglückt
egal
das Netz, das fängt
seid ihr

Seine Schwester Deirdre

Wenn es, jenseits der Landkarten, ein Gewässer namens Vergessen gibt, dann hatte sich die Insel darin aufgelöst. So vollständig, dass sie mich nicht einmal mehr in meinen Träumen besuchte. Selbst an ihren Namen konnte ich mich nicht erinnern. Und wenn ich ihn irgendwo las oder hörte, blätterte ich schnell weiter oder konzentrierte mich auf eine imaginäre Melodie in meinem Innern. Ich hatte gelernt, weiterzumachen. Anfangs war es ein Kampf ums pure Überleben gewesen, gegen einen unsichtbaren, aber erbarmungslosen Feind.

Was blieb übrig, wenn ein Mensch neunzig Prozent seiner Kraft allein dafür aufwenden musste, die Fassade zu halten?

Nicht viel, aber genug. Genug, um den Job gut zu machen und an dünnem Partygeschwätz teilnehmen zu können. Letzteres nur, wenn keine Möglichkeit bestand, sich rechtzeitig abzuseilen. Wahrscheinlich war ich längst als Einzelgängerin abgestempelt, egal.

Wenigstens herrschte in der Redaktion ein freundlicher Ton, und echte Teamarbeit war bei uns noch möglich. Obwohl ich schon Ende dreißig war, kam ich mit den jungen Kollegen gut zurecht, vielleicht weil ich nicht zum Schulmeistern neigte, und die anderen mich an allen Projekten teilhaben ließen.

Mein Leben verlief reibungslos, im positiven wie auch im negativen Sinne. Ich arbeitete ebenso viel wie gern, und auch am Wochenende suchte ich nach Motiven, die es wert waren, mit der Digitalkamera und in mir, aufgenommen zu werden.

Eine feste Beziehung hatte ich nicht. Ab und zu eine kurze, mehr oder weniger heftige Affäre, die den kleinen Hunger stillte, um den großen gar nicht erst aufkommen zu lassen.

Glut ließ ich zu, aber keine Wärme. Denn die hatte ich nicht verdient. Der Traum meiner Mutter, Enkelkinder um sich zu scharen, war erloschen. Vor fünf Jahren hatte sie endlich damit aufgehört zu fragen, wie es denn so in der Liebe laufe. Seitdem war es leichter für mich, sie zu besuchen. Alles war leicht geworden. Keine Leichtigkeit, die an einen Schwebezustand denken ließ. Aber angenehm, weil schmerzfrei. Es hätte so weitergehen können.

Zuerst reagierte ich rein physisch. Mit Schwindel und Zittern. Sie schoben es auf den Wetterumschwung und meinen niedrigen Blutdruck, nicht auf den Auftrag, den sie mir erteilten. Warum auch?

Ich verließ, eine Entschuldigung murmelnd, das Büro und tastete mich an der Wand entlang zur Toilette. Wie eine Flüchtige stahl ich mich in den Waschraum und schloss die Tür hinter mir ab. Meine Beine schienen gefühllos, ich ließ mich, an die Abtrennung gelehnt, zu Boden gleiten und riss am Kragen meiner Bluse, bis die Knöpfe absprangen. Mein Atem hallte von den Wandfliesen wider. Ich war im Zugzwang. Musste Lügen und Ausreden erfinden, die Sache irgendwie von mir abwenden. Konnte vielleicht Ralph an meiner Stelle fliegen? Und ich, im Gegenzug, für ihn nach Kenia? Sollte ich mich krank melden? Nein. Meine Arbeit war zwar kein

Hafen, aber ein Anker. Diesen einzuholen, hätte eine ziellose Fahrt auf unbekannten Gewässern zur Folge gehabt. Ein Ende als Geisterschiff wollte ich nicht. Aber wie sollte ich eine Fotoreportage über Dublin in Dublin machen, wenn ich den Namen der Republik deren Hauptstadt es darstellte, noch nicht einmal aussprechen konnte? Langsam stand ich auf und sah in den Spiegel. Mein Kehlkopf zuckte bei den ersten beiden Buchstaben, beim dritten streikte er gänzlich. Ich stand, im wahrsten Sinne des Wortes, mit dem Rücken zur Wand. Extremsituationen erfordern extreme Maßnahmen, so viel hatte ich gelernt.

Fünf Minuten später nahm ich den Auftrag an und fuhr, einer Schlafwandelnden gleich, nach Hause. Verdankte ich meine schmerzfreie Leichtigkeit nicht ewigem Davonrennen? Nichts war vergessen. Nur verdrängt. Gespenster ruhen nicht. Sie sind manchmal nur so gut verkleidet, dass man sie nicht erkennt.

Warum litt ich seit knapp zwanzig Jahren unter Klaustrophobie? Warum wurde jeder Aufzug zur Folterkammer, und was war der Grund dafür, dass ich nur erster Klasse und unter schweren Beruhigungsmitteln fliegen konnte? Mein Repertoire an Vermeidungsstrategien war beträchtlich. Die Ausreden, die ich immer und für alles auf Lager hatte, hätten jeden Lügendetektor zur Explosion gebracht. Ich war eine Schuldige. Und solange ich mich weigerte, diese Tatsache als einen Teil von mir anzunehmen, würde sie, maskiert zwar, aber immer wieder, an die Oberfläche kommen.

War ich der Sache gewachsen? Konnte man einen

wichtigen Job mit einer Psychotherapie unter Eigenregie verknüpfen?

Ein bisschen Konfrontation, anschließend ein paar nette Bildchen von der Ha'penny-Bridge und dem Book of Kells? Kaum. Aber was hatte ich zu verlieren? Ein Vakuum, das ich mir zur schmerzfreien Leichtigkeit zurechtbog, sonst nichts.

Ich flog nicht, sondern fuhr mit dem Wagen bis nach Hoek van Holland, wo ich die Fähre nach England nahm. Auch Großbritannien hatte ich seit zwanzig Jahren nicht mehr betreten und die englische Sprache vermieden, soweit dies im Internetzeitalter überhaupt möglich war. Trotzdem verstand ich die Lautsprecheransagen, die in die Spielhalle der Fähre einluden und mit fetten Gewinnen lockten. Und als ich einen Espresso bestellte, wurde er rasch und ohne weiteres Nachfragen serviert. Niederländische Gesprächsfetzen mischten sich mit englischen. Langsam, schrittweise näherte ich mich der Konfrontation. England war nur England, ein annähernd neutrales Territorium. Allerdings graute mir vor dem Linksverkehr. Ich würde, nach einer Nacht im Hotel, durch einen großen Teil von Wales fahren müssen, um in Holyhead die Fähre nach Dun Laoghaire zu nehmen.

Mein Chef war einverstanden gewesen, als ich darum gebeten hatte, die Reise mit ein paar Urlaubstagen strecken zu dürfen. So musste ich wenigstens nicht fliegen und konnte mich langsam nähern. Jederzeit umkehren, wenn es zu schwer werden würde. Konnte ich das tatsächlich? Ich musste zumindest daran glauben, dass ein Fluchtweg offen war. Notausgänge werden meist nicht benötigt, wenn man weiß, wo sie sich befinden.

Nach einer ruhigen, scheinbar traumlosen Nacht in Ipswich fuhr ich weiter. Der Linksverkehr machte mir am Anfang tatsächlich Schwierigkeiten, besonders die vielen Kreisel. Selbst wenn ich in England leben müsste, könnte ich mich nie daran gewöhnen, im Uhrzeigersinn hineinzufahren.

Da ich mir nur zwei kurze Kaffeepausen gegönnt hatte, blieben mir in Holyhead noch drei Stunden bis zum Ablegen der Fähre nach Dun Laoghaire. In einem Pub kaufte ich mir ein Sandwich und Tee. Jugendliche standen um Billardtische, und Spielautomaten übertönten fast die Musik, die so anders war als jene vor zwanzig Jahren. Ich dachte an »Words« von F.R. David, jenen Song, der für mich Synonym einer Zeit war, die keine Belastung gekannt hatte.

Sean hatte wie ich, Anglistik und Germanistik studiert.

Er in Dublin am Trinity College, ich in Heidelberg. Im Rahmen eines Austauschprogramms hatte ich ihn kennen gelernt. Den Jungen mit dem olivefarbenen Teint und den blauen Augen unter kräftigen Brauen.

Die Jugendlichen, die mich bisher erfolgreich ignoriert hatten, starrten mich plötzlich an. Vielleicht, weil ich dabei war, das Sandwich zu zerfetzen, ohne es zu bemerken. Mir wurde heiß. Ich schnappte meine Tasche und flüchtete auf die Straße, begleitet von dröhnendem Gelächter aus dem Pub. Noch zwei Stunden, bis die Discovery ablegen würde. Ich ging zurück zur Anlegestelle, um im Auto ein bisschen zu schlafen. Allerdings ohne Erfolg. Es war nicht der Kaffee und auch nicht der Tee, der mich zum Wachbleiben zwang. Es waren die Geister, die mich, jetzt unverkleidet, umtanzten und mit den Fingern auf mich zeigten.

»Mörderin!«, schienen sie mir zuzurufen. Ich versuchte, zu lesen, Radio zu hören. Text und Musik erreichten mich nicht.

Endlich näherte sich die Discovery, groß wie ein Einkaufszentrum, der Anlegestelle. Ich lenkte meinen kleinen Flitzer in den Bauch der Fähre und wäre gern im Auto sitzen geblieben. Doch das war verboten.

Ich hatte Angst vor den Menschen an Bord, den Menschen, die meine Landsleute geworden wären, wenn sich unsere Vision erfüllt hätte. Ich schloss den Wagen ab und stieg die Treppen zum Passagierbereich hinauf. Das unverkennbare Englisch, das die Iren sprechen, drang an meine Ohren und wie eine Rasierklinge durch meine Seele. Ab und zu war auch noch näselndes britisches Englisch zu hören, aber der Hauptanteil der Passagiere bestand schon aus Iren. Ein junges Paar ermahnte seine Kinder, nicht fortzulaufen, eine alte Dame fragte ihren Begleiter, ob er auch so hungrig sei. Ich mietete mir einen Sitz in der VIP-Lounge, wollte nichts hören, nur aufs Wasser schauen. Wie oft hatte ich die Irische See betrachtet? Damals allerdings nicht von der VIP-Lounge aus, sondern von draußen, wo einem der Wind um die Nase pfiff und man aufpassen musste, dass es einem nicht den Rucksack vom Rücken fegte. Damals waren mir die Überfahrten so schrecklich lang vorgekommen, mindestens fünfmal hatte ich die Wimpern nachgetuscht, um gut auszusehen, wenn mich Sean in Dun Laoghaire abholte. Meistens wurde er von seiner älteren Schwester Deirdre begleitet, die mich mit »Hunderttausend Willkommen« in gälischer Sprache empfangen, und es auch so gemeint hatte. Deirdre war ein schönes Mädchen gewesen, ebenso schön wie ihr Bruder. Die Familie gehörte zu jenen Iren, die eher eine spanische Abstammung als eine keltische, erahnen ließen.

Die VIP-Lounge war relativ schwach besucht, was mir entgegenkam. Trotz aller Anspannung konnte ich endlich einschlafen.

Es war schon dämmrig, als wir Dun Laoghaire erreichten. Ich verließ den schützenden Leib der Fähre und drang in das Land ein, das mich nur hassen konnte. Ich ließ die Scheiben herunter, als ich mich durch das Hafengebiet in Richtung Dublin schlängelte. Vorsichtig sog ich die Luft ein. Sie war nicht anders als damals. Unschuldig, fast rein, trotz des qualmenden Diesels vor mir. Was hatte ich erwartet? Dass sie mir die Lunge zerfetzen würde? Die Luft war, wie gesagt, unschuldig. Wusste nichts von Schuld und Zerstörung. Ich trug das Zeichen in mir, nicht auf der Stirn. Der Verkehr war dicht, und es kostete meine ganze Konzentration, das Stillorgan Park Hotel zu finden.

Der Verlag hatte nicht gespart. Es handelte sich um ein Hotel der gehobenen Klasse, die großzügige Eingangshalle mit dem intarsienverzierten Holzboden und den gemütlichen Sitzgruppen machte es leicht, sich sofort wohl zu fühlen.

Die junge Frau am Empfang war von jener Freundlichkeit, die den Iren eigen ist und die ich, egal wo ich mich auf der Welt befinde, vermisse. Mein Zimmer war luxuriös, aber nicht protzig. Ich zog die Vorhänge zu und schaltete die Klimaanlage an. Nach einer heißen

Dusche ging ich sofort schlafen. Ich hatte Angst vor dem nächsten Morgen. Angst davor, dieser Stadt bei Licht in die Augen sehen zu müssen.

Obwohl das Frühstücksbuffet liebevoll angerichtet und reichlich war, brachte ich nur eine Scheibe Toast und zwei Tassen Kaffee hinunter. Eine innere Unruhe ließ mich bald meine Kameraausrüstung holen. Arbeit würde mich ablenken. Vielleicht konnte ich dieser Stadt etwas Gutes tun, wenn es mir gelingen würde, sie so einzufangen, wie sie tatsächlich war? Von metropolitischer Eleganz, aber ohne abweisende Arroganz. Im Gegenteil. Dublin vermittelte jedem Fremden sofort ein Gefühl von Geborgenheit und Dazugehörigkeit. Sogar mir, die kein Recht hatte, noch irgendwo dazuzugehören.

Mit dem Taxi fuhr ich bis zur O'Connell-Bridge, welche die Liffey überquert. Der eher schmale Fluss durchfließt Dublin in West-Ost-Richtung und teilt es somit in zwei Hälften:

Den Nordbereich und den an Sehenswürdigkeiten reicheren Süden.

Ich beschloss, meinen ersten Arbeitstag der südlichen Hälfte Dublins zu widmen. In dieser hatten wir zwar studiert, aber wenigstens nicht gewohnt.

Das Wetter war auf meiner Seite und verhielt sich an diesem Tag atypisch konstant. Ich konnte den klassizistischen Prachtbau der Bank of Ireland, der als Sitz des irischen Parlaments begonnen, aber bald an die Bank verkauft worden war, in Sonnenlicht getaucht fotografieren. Mein nächstes Ziel war das Trinity-College. Ich näherte mich ihm langsam. Denn hinter dem schmiedeeisernen Zaun der Universität lag der Same unserer

Zukunft, den ich zertrampelt hatte, bevor etwas daraus hatte erwachsen können. Am liebsten hätte ich das College einfach ignoriert, ausgelassen. Mich einfach der nächsten Sehenswürdigkeit zugewandt, die weniger belastet war. Doch ich war keine Anfängerin. Mein Chef verlangte Vollständigkeit und Professionalität. Der Leser unserer Reiseführer musste so gut informiert werden, dass er sich fühlte, als sei er persönlich vor Ort gewesen. Das war die Maxime unseres Chefs, und wer nicht bereit oder in der Lage war, diese zu erfüllen, konnte sich nach einem neuen Arbeitsplatz umsehen.

Von wegen wir hatten hier »nur« studiert! Die Vergangenheit war präsent wie ein kalter Mantel, der zu eng war und sich nicht ausziehen ließ. Vor der Bibliothek reihten sich lange Schlangen von Touristen. Ich war außerstande, mich derartigen Menschenmassen auszuliefern. Was würde passieren, wenn ich eine Panikattacke bekommen würde? Ich beschloss, in der Cafeteria, die sich meines Wissens im Keller des gegenüberliegenden Gebäudes befand, einen Kaffee zu trinken.

Ich zapfte das heiße Getränk, zahlte und setzte mich in die Nähe der Heizung, denn mir war kalt. Die Cafeteria war schon gut besucht. Studenten unterschiedlicher Nationalität saßen an Tischchen und lasen oder unterhielten sich.

Hier hatten wir oft zusammen gesessen, hitzige Diskussionen geführt. Sean, Michael, David und ich. In den Pausen zwischen zwei Vorlesungen oder an verregneten, freien Nachmittagen.

Ich sah die Gruppe junger Menschen, zu der ich gehörte, vor mir. Zwanzig Jahre verschwanden im Nichts.

Michael und Sean stammten beide aus dem Norden der Republik, aus der Gegend von Donegal, David war ein echter Dubliner. Trotzdem wohnte er mit uns zusammen in einem bescheidenen Mietshaus in der Denmark-Street, unweit des Writer's Museum im nördlichen Teil Dublins. Wir waren echte Studenten gewesen. Arm wie die Mäuse in der St.Patricks-Cathedral, aber voller Idealismus und Begeisterungsfähigkeit. Literatur und Musik, das war unsere Welt. Und wir befanden uns im richtigen Land. Manchmal fuhren wir am Wochenende zu Seans Familie in den Norden. In Sligo machten wir immer Halt, um das Grab unseres Idols, William Butler Yeats, zu besuchen. Und jedes Mal interpretierten wir die Inschrift auf seinem Grabstein »Kalt blicke du, auf Leben, Tod, Reiter, reit zu!«, anders.

In einer verregneten Nacht sollte ich meine ganz eigene Interpretation finden. Wir hatten an einem Poetry-Slam in Sligo teilgenommen. Der Whiskey und das Guinness waren in Strömen geflossen, und wir hatten mit unseren lyrischen Arbeiten gut landen können. Ich war die Einzige gewesen, die keinen Alkohol getrunken hatte. Sean hatte trotzdem fahren wollen, doch ich hatte darauf bestanden, mich ans Steuer des klapprigen Wagens, den uns Deirdre geliehen hatte, zu setzen.

Es war praktisch vor der Haustür passiert. Beim Rechtsabbiegen hatte ich mich zu deutsch verhalten, nicht die erforderliche Schleife gezogen, um wieder auf der linken Seite der Fahrbahn zu landen.

Der Inhalt meines Kaffeebechers klatschte auf den Boden, und ich betrachtete die Blasen auf meiner rechten Hand. Zwei Studenten kamen auf mich zu und boten mir Hilfe an. Ich lehnte dankend ab und flüchtete in den Keller, um meine Verbrennung im Waschraum zu kühlen. So sehen Mörderinnen aus, dachte ich, als ich mein Gesicht im Spiegel betrachtete. Die alternde Frau, die mich anstarrte, hatte nicht nur ein Menschenleben auf dem Gewissen. Mit Sean hatte ich auch die Träume seiner Eltern vernichtet. Die Träume jener einfachen Familie, die sich krumm gelegt hatte, um Sean das Studium zu ermöglichen. Keine Überstunde war ihnen zuviel gewesen, in der Tweedindustrie Donegals. Ich hatte der ernsten Deirdre den geliebten Bruder genommen. Und das Schlimmste war, dass ich selbst unverletzt davongekommen war.

An den Zusammenstoß selbst fehlt mir jede Erinnerung. Sie setzt erst an der Stelle wieder ein, als die Gardai und ein Ambulanzwagen mit heulenden Sirenen die gespenstische Szenerie unterbrechen. In jener Nacht war Sean nicht allein gestorben. Irland, ja genau Irland, war in dem Moment für mich gestorben, als der Notarzt mit einem bedauernden Kopfschütteln ein Tuch über das Gesicht meines Liebsten gezogen hatte.

Ich drehte den Wasserhahn zu. Auch ich hatte in diesem Moment aufgehört zu leben. Nur hatte ich nie den Mut gehabt, es mir einzugestehen. Schließlich hatte mir der Zusammenstoß mit dem LKW nicht eine Schramme zugefügt. Dankbarkeit war es, die dafür erwartet wurde. Wie hätte ich es wagen können, von Problemen zu sprechen, wenn ein anderer Mensch auf dem Friedhof lag, und eine Familie zerrissen war?

Alles hätte ich gegeben, wenn ich an der Stelle von Sean hätte sterben können. Physisch sterben. Doch ich habe nur innerlich sterben dürfen. Die juristischen Konsequenzen haben mir nichts anhaben können, denn sie waren zu milde gewesen.

Alles war wie durch einen Nebel an mir vorbeigegangen.

Warum lächelten mich die Menschen an? Warum weigerte sich niemand, mich zu bedienen?

Ich sah mich nicht in der Lage, dem College gerecht zu werden und beschloss, in der O'Connel-Street nach einem Geschenk für meine Mutter zu suchen. Ein Schmuckstück oder etwas zum Anziehen, eine kleine Überraschung für eine Frau, die ein Kind geboren hatte, das, kaum zwanzig Jahre alt, zum Monster geworden war.

Der Trubel in der O'Connel-Street, Dublins Hauptflaniermeile, lenkte mich etwas ab. An einem Stand gab es ausgefallenen Modeschmuck und antiquarische Bücher. Ich kaufte einen mit Ornamenten verzierten Band, »The Celtic Twilight«, von keinem anderen als William Butler Yeats. Ich kannte jede Seite, jede Zeile und jedes Wort aus diesem Werk. Doch hatte ich damals, nachdem ich Irland hatte verlassen dürfen, alle Bücher verbrannt. Ich hatte das Feuer des Verdrängens mit Weltliteratur genährt.

In einem Bekleidungsgeschäft probierte ich einen braunbeigen Tweedblazer an. Er würde Mutter passen, sie war noch immer von ähnlicher Statur wie ich.

Auch Deirdre hatte sich kaum verändert. Ich erkannte sie sofort. Sie stand an der Kasse, als ich den Blazer bezahlen wollte. Der Yeats fiel mir aus der Hand, rutschte auf den Boden. Deirdre kam um den Tresen herum und stand schon neben mir, als ich mich bückte.

Es lag kein Vorwurf in ihrer Stimme, als sie meinen Namen aussprach. Wir gaben uns die Hand, eine Sekunde länger als es die Höflichkeit erfordert hätte. Und verabredeten uns für halb eins in einem Pub, dann würde sie Mittagspause haben.

Schon um zehn vor zwölf drückte ich mich vor der prächtigen Eingangstür des »Red Lion« herum und wusste immer noch nicht, ob ich hineingehen sollte. Seltsamerweise war es keine Angst, die mich zweifeln ließ. Eher der Rest eines Wunsches, alles beim Alten zu lassen. Beim vermeintlich bequemen, aber substanzlosen Zustand des Verdrängens. Noch konnte ich ihn vielleicht zurückholen. Dublin verlassen, den Auftrag sausen lassen und zu Hause so tun, als sei ich nie fort gewesen.

Um zwölf Uhr ging ich hinein, bestellte mir ein Sandwich und ein Guinness.

Deirdre kam pünktlich. Bestellte sich eine Suppe und einen Cappuccino. Sie erzählte von ihrem Mann und den beiden Kindern, die schon Teenager waren. Als sie mich nach meiner Familie fragte, musste ich verneinen. Sie nahm meine Hand und ich sah Tränen in ihren Augen.

»Du leidest immer noch, nicht wahr?«

»Ja«, antwortete ich leise, fast unhörbar. Schmerz machte sich in ihrem Gesicht breit, und ich hatte das Gefühl, dass seine Ursache mein verpfuschtes Leben war, nicht der verlorene Bruder.

»Warum verabredest du dich, sprichst mit mir, weinst mit mir, der Mörderin deines Bruders?«

»Mörderin? Wir haben dich nie als solche gesehen. Es war ein Unfall, ein Unglück, aber doch kein Mord!«

Ich konnte nicht glauben, was ich da hörte. Sie hatte Sean doch geliebt, genauso intensiv wie ich, nur eben anders.

»Ich habe damals hinter dem Steuer gesessen. Ein Ire hätte gewusst, wie man rechts abbiegt!«

»Das ist eine Frage der Promille. Wer weiß, was passiert wäre, wenn Sean gefahren wäre? Dann hätten David, Michael und du vielleicht auch euer Leben verloren. Mein Bruder hatte zum Zeitpunkt seines Todes einen Blutalkoholspiegel, der selbst für irische Verhältnisse rekordverdächtig war. Verfluchte Trinkerei!«

Deirdre nippte an ihrem Cappuccino. Nachdenklich drehte ich mein Bierglas in der Hand.

»Trotzdem, ich habe … eure Familie zerstört.«

»Es war Schicksal, verstehst du, Schicksal! Das Schlimmste an der ganzen Sache ist, dass Sean dich nicht bekommen hat. Und du ihn nicht.«

Ich erhob mich so heftig, dass der Stuhl umfiel. Ich hob ihn rasch auf und rannte zur Toilette. Dort weinte und schrie ich, zwanzig Jahre zu spät.

Deirdre war mir nicht gefolgt, aber sie saß noch an ihrem Platz, als ich in den Schankraum zurückkehrte.

»Wie lange wirst du bleiben?«

»Mindestens noch eine Woche. Ich mache eine Fotoreportage über Dublin.«

Wir tauschten unsere Telefonnummern und sie versprach, mich am nächsten Abend anzurufen.

Ich fuhr zurück zum Stillorgan Park Hotel und gönnte mir eine heiße Dusche. Ich empfand so etwas wie Vorfreude auf den nächsten Abend. Aber warum hatte mir Deirdre verziehen? Schließlich hatte ich mich nie mehr gemeldet. Zwar in der ersten Zeit unzählige Briefe an die Familie geschrieben, aber nie abgeschickt. Was denkt man über eine Frau, die alles über ihre Versicherung regeln lässt und sich selbst nicht kümmert?

Deirdre sollte mich bald aufklären. Die Familie hatte mir anfangs geschrieben, doch meine Mutter hatte die Post aus Irland vor mir versteckt und meine Freunde gebeten, keinen Kontakt mehr mit mir aufzunehmen. Deirdre versicherte mir, dass es meine Mutter nur gut gemeint hatte. Wenn ich eines hasste, dann war es Gutgemeintes. Ich hatte es auch gut gemeint, als ich Seans Autoschlüssel …

Ich besuchte auch sein Grab bei Donegal. Zweimal. Beim ersten Mal war ich allein dort, vier Tage nachdem ich Deirdre in Dublin getroffen hatte. Danach konnte ich mich besser in Irland bewegen und auch effektiver arbeiten.

Mein Chef würde mit mir zufrieden sein. Es war mir gelungen, Dublins Vielfalt wenigstens ein bisschen gerecht zu werden.

Nicht nur die klassischen Sehenswürdigkeiten hatte ich eingefangen, sondern auch die Atmosphäre des jungen Dublin mit seinen Musik- und Künstlerkneipen war bereit gewesen, sich mir zu offenbaren.

»Gute Arbeit, Martina!«, würde mein Chef sagen und das war das höchste Lob, zu dem er fähig war.

Deirdre und ich sind noch einmal nach Norden gefahren, um den kleinen Friedhof, auf welchem Sean schläft, zu besuchen. Irische Tote kennen keine Mindestliegefristen. Ein Grab besteht so lange, bis es Wind und Zeit mit sich nehmen. Deirdre hat zwei Lichter angezündet und auf Seans Grabplatte gestellt. Das eine für ihn und das, was hätte sein können. Das andere für mich. Damit es leuchten und mir immer den Weg nach Irland zeigen möge.

Ich habe wieder einen Hafen. Er hat viele Namen. Zum Beispiel Dun Laoghaire, Deirdre und ihre Familie, mein Chef und meine Kollegen. Wärme ist besser als Glut. Denn sie ist beständiger.

Im Seniorenheim

Bleiern sind die Stunden
jeder Tag
trägt graue Tracht
Stereotypie
von Geruch Geräusch
der Einsamkeit
vakuumverschlossene
eigene Welt
der Besuch flieht
nach wenigen Minuten
doch diese werden
konserviert
im Geiste wiederholt
ein einziger Lieblingsfilm

Resttage

Ihr Unterkiefer hatte sich verändert, zurückgebildet. Bei jedem Versuch, das zähe Bratenfleisch zu zerkleinern, verrutschte und drückte die Prothese. Luise kapitulierte. Nahm noch ein wenig Kartoffelbrei und Kraut, wischte sich den Mund ab und stand langsam auf. Vorsichtig lief sie durch den großen Speisesaal. Selten wurde ihr ein wacher, erkennender Blick zuteil. Die meisten Heimbewohner waren Frauen und hatten Einheitsfrisuren. Trugen Einheitskleidung. Schauten mit Einheitsblick, eher nach innen gekehrt, als am Außen teilnehmend.

Luise ging über den Flur zum Fahrstuhl und drückte auf den Knopf. Nach einer scheinbaren Ewigkeit öffneten sich die Türen in anästhesierender Langsamkeit. Sie war allein im Fahrstuhl, in dem es penetrant roch. Das Geruchsgemisch aus Urin, Desinfektionsmittel und Einsamkeit, das dem Haus eigen war, schien sich im Lift zu konzentrieren.

Im dritten Stockwerk öffneten sich die Türen, wieder unendlich langsam. Luise ging auf ihr Zimmer. Das Bett war immer noch nicht gemacht. Egal. Der Zahnarzttermin war wichtiger. Sie würde die Pflegerin nochmals darauf ansprechen. Luise verbrachte den Nachmittag in ihrem Lehnstuhl. Noch konnte sie ein wenig lesen. Allerdings nur unter großer Anstrengung. Sie ließ das Buch in ihren Schoß sinken und richtete den Blick auf die Fotografien, die auf dem Fernseher standen. Sohn, Schwiegertochter und Enkel, wie sie vielleicht vor zehn Jahren ausgesehen hatten. Ohne diesen Blick von kaum zu verbergender Ungeduld, den sie bei jedem Besuch an ihnen wahrnahm.

Sie schloss die Augen. Ja, Ungeduld war es, die ihr entgegengebracht wurde. Oder der Wunsch, einer Welt, die eigentlich keine mehr war, schnell wieder zu entkommen.

Die hastig ausgesuchten, für sie meist nutzlosen Geschenke zu Weihnachten und zum Muttertag, waren im Zimmer verteilt und wirkten wie Reliquien aus einer anderen Zeit, zu der Luise keinen Zugang mehr hatte. Oder nur sehr selten.

In dem großen Haus, das sie einst bewohnt und ihrem Sohn vor fünf Jahren überschrieben hatte, war kein Platz für sie.

Der einzige Ort, an welchem sie sich nicht überflüssig vorkam, lag in ihrer Erinnerung. Immer öfter suchte sie diesen auf. Sehr früh morgens, wenn sie erwachte, schlich sich die graue Mechanik ihres Alltags zwischen die bunten Bilder ihrer Träume und ihrer Vergangenheit ein. Sie erkannte jedes Geräusch, das monotone Stöhnen der Bewohnerin des Nebenzimmers, die Gespräche des Pflegepersonals und die schlurfenden Schritte jener, die ebenso glücklich waren wie sie, noch selbst zur Toilette gehen zu können. Gegen sechs Uhr nahm sie den Duft frisch aufgebrühten Tees wahr und wartete auf die Pflegerin. Alle Pflegerinnen waren freundlich. Es gab keinen Grund zur Kritik. Luise, die ein Leben lang gearbeitet hatte, konnte ermessen, was die Frauen leisten mussten. Auch wusste sie, dass die Bezahlung in dieser Branche mehr als bescheiden war, und dass es einer großen Portion Menschlichkeit bedurfte, einen Beruf auszuüben, der nur selten einen emotionalen Erfolg zu bieten hatte. Meistens war das Ergebnis unausweichlich Tod. Trotz aller Bemühungen, die bei einem jüngeren Menschen vielleicht Genesung erreicht hätten. Das Personal wurde schlecht bezahlt und knapp eingeteilt. Das Essen war meistens genießbar, mehr aber auch nicht. Das Zimmer war klein. Trotzdem reichte Luises Rente, ihre eigene und die Witwenrente, nicht aus, den Heimaufenthalt zu bezahlen. Der Sohn musste monatlich vierhundert Euro zusteuern, was er immer wieder gern erwähnte. Luise hatte Angst. Angst vor Krankheiten, die eine schlechtere und somit teurere Einstufung zur Folge haben könnten. Sie bewegte sich vorsichtig, denn es war nur eine Frage · der Zeit, bis sie sich einen ihrer entkalkten Knochen brechen und auf noch mehr Hilfe angewiesen sein würde.

Abendessenszeit. Luise erhob sich aus dem Sessel, machte sich ein wenig frisch und nahm den langsamen Aufzug nach unten. Vor dem noch verschlossenen Speisesaal standen schon viele Heimbewohner, ungeduldig auf einen der wenigen Höhepunkte des Tages wartend. Die Gespräche waren immer die gleichen. Sie handelten von Krankheiten oder von der Frequenz der Besuche Verwandter. Die Tür wurde geöffnet. Die alten Menschen strömten, so schnell es ihnen möglich war, zu ihren Plätzen. Es gab Tee, Brot, Margarine, Wurst und Käse und eine halbe Gurke. Luise aß nur wenig. Sie hatte vergessen, die Pflegerin wegen eines Zahnarzttermins anzusprechen. Morgen.

Luise lag schon länger wach. An diesem Morgen war irgendetwas anders als sonst. Sie brauchte eine gewisse Zeit, bis sie wusste, was es war. Eine neue Stimme auf dem Flur. Eine junge und sehr männliche Stimme. Eine halbe Stunde später kam die Stimme in ihr Zimmer. Sie gehörte zu einem jungen Mann, den Luise vorher noch nie gesehen hatte. Er stellte sich als Markus vor. Als neuer Pfleger. Er drückte ihre Hand. Luise wusste, dass sein Lächeln ehrlich war. Sie schilderte ihm die Probleme mit ihrem Gebiss und nannte ihm den Namen ihres Zahnarztes. Er versprach, sich zu kümmern und fragte, ob sie in der Lage sei, die Praxis aufzusuchen, wenn sie gefahren werden würde. Sie nickte.

Noch vor dem Mittagessen kam Markus mit der Nachricht, schon für den nächsten Tag einen Termin bekommen zu haben. Er würde sie selbst in die Innenstadt fahren.

Das Grau des restlichen Tages wurde durch eine leise Vorfreude gemildert. Luise suchte ihr schönstes Kleid und eine dazu passende Handtasche heraus. Badete und gönnte sich einen Besuch bei der Friseurin, die glücklicherweise an diesem Tag im Hause war. Sie wollte hübsch sein, in der Stadt.

Am nächsten Morgen erwachte sie noch früher als sonst. Lauschte angestrengt. Machte sich Sorgen. Denn Markus Stimme war nicht zu hören. Hatte er heute etwa keinen Dienst? War er vielleicht krank? Ihr Herz schlug schneller. Ihr kleines Glück schien in großer Gefahr.

Das Herz schlug noch schneller, als sie etwas später seine Stimme hörte. Luise lehnte sich seufzend in ihre Kissen zurück.

Nach dem Frühstück fuhren sie zum Zahnarzt. Dieser machte einen Abdruck und wollte die Prothese unterfüttern. Ein weiterer Termin wurde erforderlich, und Luises scheuer Blick fing ein deutliches Nicken von Markus ein. Ein guter Junge. Auf ihn konnte sie sich verlassen.

Ob sie noch einen Wunsch habe, fragte Markus, nachdem sie die Praxis verlassen hatten. Er fuhr sie zum Zentralfriedhof. Führte sie an das Grab, das sie schon seit langem hatte besuchen wollen und entfernte sich taktvoll, als sie stumm Zwiesprache mit ihrem Mann hielt. Stützte sie auf dem Rückweg. Luise dankte Markus für diesen schönen Vormittag.

Seit Markus auf der Station arbeitete, war das Leben heller. Luise fühlte Wärme in ihrem Herzen. Freute sich geradezu auf jeden neuen Tag. Aß mit gutem Appetit, seit die Prothese ihrem Kiefer angepasst worden war.

Wahrscheinlich hatte jemand Tee im Speisesaal verschüttet.

Luises Füße rutschten einfach weg. Sie hatte keine Chance zu reagieren. Oberschenkelhalsbruch. Markus begleitete sie im Krankenwagen. Erledigte die Formalitäten. Luise weinte. Das Gespenst, das sie schon seit Jahren gefürchtet hatte, war zur grausamen Wirklichkeit geworden. Markus verabschiedete sich mit dem Versprechen, nach Dienstschluss ins Krankenhaus zu kommen. Er hielt Wort. Besuchte sie fast jeden Tag.

Auch ihr Sohn kam mitsamt Familie ins Krankenhaus. Alle schienen besorgt. Aber niemand fragte, ob sie Schmerzen habe. Angst vor einer ungünstigeren Einstufung war die Ursache der ängstlichen Gesichter.

Nach endlos erscheinenden Wochen durfte Luise ins Heim zurück. Freute sich richtig auf ihr eigenes Zimmer. Sie bekam das Essen ans Bett gebracht. Leider nicht von Markus. Er war im Urlaub, und Luise zählte die Tage bis zu seiner Rückkehr. Insgesamt drei Postkarten schickte er ihr aus Griechenland. Mit viel Text. Sehr persönlichem Text.

Sie steckte die bunten Karten unter ihr Kopfkissen. Sie schienen ihre Träume zu beflügeln und das Warten erträglicher zu machen. Luise träumte viel. Wachte wenig, aß wenig. Wurde schwächer. Doch sie wollte durchhalten. Musste durchhalten, bis er zurückkam.

Sie erkannte ihn an seiner Stimme. Er hielt ihre Hände, die ganze Nacht. Bis zum Morgen. Sie starb mit einem Lächeln auf den Lippen. Kein grauer Alltag würde ihre bunten Bilder je mehr stören können.

Juliana. Eine Novelle

An Feiertagen sowie an Sonntagen pflegte ich stets in der Frühe aufzustehen, wenn meine Eltern und Schwestern noch schliefen, und noch nicht einmal die Mägde in der Küche klapperten und schwatzten. Dann begab ich mich, schon im Sonntagsstaat, leise die schwere Eichentreppe hinab, um in der guten Stube, nur begleitet vom Ticken der alten Uhr auf dem Kaminsims und dem hellen Schein des Gaslichts, noch vor der Predigt zu lernen. Mein Vater hatte mir einen kleinen Schrank gekauft, in welchem ich meine Bücher aufbewahren konnte. Wahrscheinlich war Vater der Einzige in der Familie, der stolz war ob meines schier unstillbaren Wissensdurstes. Schon bevor ich in den Genuss gekommen war, das Lyzeum besuchen zu dürfen, hatte ich Latein und die französische Sprache, zumindest in ihren Grundzügen, beherrscht.

Meine älteren Schwestern entwickelten sich eher nach dem Wohlgefallen meiner Mutter. Sie zeigten sich interessiert an all den Näh- und Stickereiarbeiten, die in einem Haushalt anfallen konnten, achteten stets auf ein gefälliges Äußeres und kicherten dümmlich, wenn gut aussehende Herren gehobener Position im Hause unseres Vaters, dem Notar, zu Gast waren. Obwohl mich meine Schwestern oft auslachten und nachäfften, war ich im Grunde meines Herzens froh darüber, dass sie so anders geartet waren als ich. Mutters und der Schwestern oberstes Ziel schien eine mindestens standesgemäße Verheiratung letzterer zu sein. Was mich anbetraf, war ich weder hübsch noch feminin, galt als burschikos, vorlaut und unfein. Sicherlich waren sie überzeugt davon, dass sich niemals ein Mann für mich interessieren könnte, und mir nur ein Dasein als alte Jungfer, hinter staubigen Büchern, übrig bleiben würde.

Dafür war Vater auf meiner Seite. Er hatte mir nicht nur einen Schrank, sondern darüber hinaus auch teure Bücher gekauft. Wann immer es seine Zeit zuließ, nahm er mich mit in Museen und Ausstellungen. Sogar eine echte Dampfmaschine hatte ich schon zu Gesicht bekommen und deren Funktionsweise und die zugrunde liegenden physikalischen Gesetzmäßigkeiten emsig studiert. Das Lyzeum fiel mir nicht schwer. Im Gegenteil. Manchmal langweilte es mich, Dinge, die mir so selbstverständlich erschienen, bereits zum dritten Male vorgekaut zu bekommen. Aber mein Ziel, das ich stets vor Augen hatte, ließ mich alles, sogar die Dummheit mancher Mitschülerinnen, die mich oft an meine Schwestern erinnerten, ertragen. Ich wollte später eine Schule für Gouvernanten eröffnen. Was gab es Erquicklicheres, als sich Wissen aneignen zu dürfen und dieses später an viele Kinder weitergeben zu können? Von meinem Plan wusste bis dahin nur mein Vater. Hätte ich Mutter oder gar den heiratswütigen Schwestern davon Kunde getan, so wäre mir sicherlich nichts anderes zuteil geworden, als jener sorgenvoll-resignierende Blick, mit dem sie mich immer ansah, und die Schwestern hätten nicht mehr aufhören können, zu kichern und sich über die Dampfmaschine, wie sie mich seit einiger Zeit zu nennen pflegten, lustig zu machen. Als ich das Lyzeum erfolgreich abgeschlossen hatte, zog ich mit Erlaubnis meines Vaters in die Welt hinaus, um bei mehreren Familien als Gouvernante in Brot und Arbeit zu stehen. Ich wollte praktische Erfahrungen sammeln und die Kinder mindestens dreier Familien in ihrem Lern- und Reifungsprozess tatkräftig unterstützen. Mutter schien skeptisch ob meines Vorhabens, aber gleichzeitig auch erleichtert darüber, dass ich endlich aus dem Hause war.

Die Schwestern nahmen mein Fortgehen nur am Rande wahr, da die Verlobung der ältesten mit einem Offizier aus gutem Hause kurz bevorstand, und sie hauptsächlich damit beschäftigt waren, Brautkleid und standesgemäße Aussteuer auszusuchen und anzusammeln. Nur Vater hatte mich zur Eisenbahn begleitet und mich kurz an sich gedrückt, um mir zu zeigen, wie stolz er auf mich war. Ich winkte ihm zu, bis er nur noch als kleiner, schwarzer Punkt auf dem Bahnsteig zu sehen war. So reiste ich, in schlichtem Sonntagskostüm, meine Habseligkeiten in einem kleinen Lederkoffer verstaut, meiner Zukunft entgegen.

In Hamburg erwartete mich Herr Straten, in Begleitung seiner beiden blonden Töchter, meiner zukünftigen Schützlinge. Vater und Töchter zeigten sich vornehm und höflich.

Eine Pferdekutsche brachte uns bis vor das vornehme, weißgetünchte Anwesen der wohlhabenden Kaufmannsfamilie, das in einem parkähnlichen Garten am Alsterufer lag. Ein Dienstmädchen öffnete uns die Tür, nahm Gepäck und Mäntel entgegen. Die beiden Mädchen, fünf und sechs Jahre alt, hatten mich während der Fahrt stets verstohlen gemustert und wurden nun von ihrem Vater mit liebevoller, aber bestimmter Stimme nach oben auf ihre Zimmer geschickt. Ich wurde in den Salon gebeten, wo Frau Straten schon auf mich wartete. Herr Straten machte keinerlei Anstalten, mir in den prächtigen Raum zu folgen, lächelte mir aber freundlich zu, bevor er sich entfernte.

Das Erste, was mir an Frau Straten auffiel, war ihre geradezu tonlose Stimme, als sie mich begrüßte. Ihre Haut war von ungesunder Blässe und ihre Hand, mit der sie mir gebot, Platz zu nehmen, mager wie die einer alten Frau.

Sie erkundigte sich höflich, aber mit den Gedanken scheinbar weit entfernt, nach dem Verlauf meiner Reise und nach meinen Gehaltsvorstellungen. Wir einigten uns gütlich und rasch. Irgendwie fühlte ich mich erleichtert, der Gegenwart dieser seltsamen, geheimnisvollen Frau entgehen zu können und mir von dem Dienstmädchen, das uns zuvor die Tür geöffnet hatte, mein Zimmer zeigen zu lassen. Dieses war wie ein wahr gewordener Traum. Es gab dort ein Himmelbett, ein Lavoir aus feinstem, chinesischen Porzellan und ein Fenster, das einen Ausblick auf den mit Platanen gesäumten, parkähnlichen Garten bot.

Ich gewöhnte mich schnell ein im Hause der Familie Straten. Die Kinder waren artig, fleißig und alles andere als dumm. Ich hatte das Gefühl, dass das Wissen, welches ich ihnen angedeihen ließ, auf fruchtbaren Boden fiel. Niemals gaben sie mir das Gefühl, nur eine Angestellte zu sein. Sie zollten mir höflichen Respekt, den sie nur dann ablegten, wenn sie mir manchmal in anrührend kindlicher Manier, geradezu ungestüm um den Hals fielen. Frau Straten bekam ich praktisch nie zu Gesicht.

Ein halbes Jahr später wollte die Familie nach Lübeck reisen. Meine Anwesenheit während der Reise und des dortigen Aufenthalts war zwar durchaus nicht unerwünscht, aber nicht unbedingt erforderlich, so ließ es mich Herr Straten auf seine vornehme, immer diplomatische Art und Weise, wissen. Er stellte es mir frei, in der Zwischenzeit entweder meine eigene Familie mit einem Besuch zu erfreuen, oder mit der Köchin und zwei Dienstmägden in der Zwischenzeit in seinem Hause zu verweilen. Für den zweiten Fall war er bereit, mir seine Bibliothek in unbeschränktem Umfange zur Verfügung zu stellen. Dies schien mir eine weit lukrativere Aussicht, als mitten in die mittlerweile fälligen Hochzeitsvorbereitungen meiner ältesten Schwester zu geraten. In meinen Briefen nach Hause erwähnte ich nichts bezüglich meiner zwei überraschenden Ferienwochen. Nur Vater gegenüber hatte ich anfangs ein schlechtes Gewissen.

Während der Abwesenheit der Familie zog ich es vor, in der Küche zu frühstücken. Da ich die Neigung zum frühen Aufstehen niemals abgelegt hatte, fand ich dort in den ersten Morgenstunden meistens nur Emilie, die alte Köchin, vor.

Nach wenigen Tagen verlor sie ihre anfängliche Scheu, und wir kamen des öfteren ins Gespräch.

»Sie scheinen eine anständige, gescheite junge Frau zu sein. Bewahren Sie sich immer Ihren Anstand. Denn er ist das Kostbarste, was wir auf der Welt besitzen«, sagte sie und ich nickte errötend, erwiderte aber nichts. Sie sah mich lange und prüfend an, bevor sie fortfuhr.

»Lassen Sie mich Ihnen eine Geschichte erzählen:

Ein Mädchen namens Juliana war als einzige Tochter eines italienischen Adeligen und seiner deutschen Frau in der Nähe von Florenz zur Welt gekommen. Sowohl Vater als auch Mutter, die einst sehr schön gewesen sein muss, vergötterten das kleine Mädchen. Überhäuften es schon im Kindesalter mit edlen Kleidern, Schmuck und erlesensten Spielwaren. Stellten ihrer Tochter Personal, wie Gesellschafterinnen und eigene Zofen, später Hauslehrerinnen, zur Verfügung. Schon früh übte sich die kleine Juliana im Umgang mit der feinsten italienischen Gesellschaft. Jagden, Ausritte und Reisen bestimmten ihr Leben. Es mangelte ihr an nichts, das Leben schien es gut mit ihr zu meinen und alle Möglichkeiten offen darzubieten.

Als Juliana älter wurde, blieb ihr nicht lange verborgen, dass sie zu einer atemberaubenden Schönheit herangereift war. Hohe und reiche Adelige warben um ihre Gunst, aber Juliana liebte nur sich selbst und spielte lediglich mit den Verehrern. Anfangs nahmen die Eltern die verwöhnte

Launenhaftigkeit ihrer Tochter nicht allzu ernst, vielleicht auch, weil sie sich im Grunde ihrer Herzen bewusst waren, dass sie an dieser unheilvollen Entwicklung nicht ganz unschuldig waren. Doch als sich Juliana selbst im Alter von vierundzwanzig Jahren noch für keinen Ehemann hatte entscheiden können, und in der feinen Gesellschaft hinter mehr oder weniger vorgehaltener Hand über ihren mittlerweile zweifelhaften Ruf getuschelt wurde, sahen sich die Eltern gezwungen, zu handeln. Sie zwangen Juliana, sich innerhalb von vier Monaten mit einem Mann angemessenen Standes zu verloben. Ansonsten würde ihr Erbe an die zahlreichen Neffen des Vaters fallen. Juliana hatte keine Vorstellung von einem Leben fernab von Reichtum, Sorglosigkeit und Müßiggang. Vielleicht nahm sie deshalb die Forderung ihrer Eltern auf die leichte Schulter. Sie spielte weiter ihr übles Spiel. Ein Spiel, an dessen Ende es mehrere gedemütigte Verehrer, viele davon von tadellosem Ruf und Ansehen, und eine geradezu teuflisch lachende Juliana gab. Die Eltern waren der Verzweiflung nahe, die Untugend ihres einzigen Kindes war schon in ganz Florenz bekannt.

Wie ein Retter in der Not musste ihnen der alternde, aber schwerreiche Bankier erschienen sein, der trotz ihres schlechten Rufes um Julianas Hand anhielt. Der ständigen, verspäteten und somit ungewohnten Ermahnungen der Eltern überdrüssig, willigte Juliana zum Schein ein und ertrug in Gegenwart der Eltern widerwillig die harmlosen und vorsichtigen Zärtlichkeiten des dicken Bankiers, der schon keine Haare mehr hatte.

Drei Tage vor der geplanten Hochzeit allerdings entfloh Juliana ihrem herrschaftlichen Elternhaus, nicht ohne jede Menge Schmuck, Geld, Kleider und den Stallknecht, mit dem sie schon öfters das ein oder andere Schäferstündchen verbracht hatte, mitzunehmen. In der ersten Zeit lebten die beiden in Saus und Braus, so wie es Juliana von Kindheit an gewohnt war. Sie reisten von Hotel zu Hotel, unter falschem Namen und, unerklärlicherweise, unentdeckt. Julianas Eltern ließen sich die fruchtlosen Versuche, ihre Tochter aufzuspüren, eine Menge Geld kosten. Das Teuerste an dem ganzen Unterfangen war die Diskretion. Der verschmähte Bankier war wütend, und Julianas Ruf erfuhr in Florenz und Umgebung, falls dies überhaupt noch möglich war, eine weitere Verschlechterung. Auch die Ehe der Eltern bekam ob der problematischen Situation einen dramatischen, nicht mehr zu kittenden Riss. Ebenso die finanzielle Lage der Familie. Einzig und allein eine reuige Rückkehr Julianas hätte zu diesem Zeitpunkt vielleicht noch das Schlimmste verhindern können.

Doch Juliana dachte nicht daran, zurückzukehren. Der schlichten Natur und hündischen Anhänglichkeit des Stallburschen müde, verließ sie eines Morgens leise das Hotel und reiste nach Wien, in der Hoffnung, dort endlich wieder Zerstreuung zu finden. Doch Juliana hatte nie gelernt, zu wirtschaften. So war ihr Budget, als sie in Wien eintraf, schon bedenklich geschrumpft. Nichtsdestotrotz zog sie in eines der besten Hotels der Stadt und fing wieder an, ihr übles Spiel zu spielen. Nur mit dem Unterschied, dass der Ruf der beteiligten Herren mit der Zeit immer fragwürdiger wurde und am Ende des Spiels oft Juliana als die Gedemütigte dastand. Geldvorrat und

Niveau der Absteigen, die sie sich bald nur noch leisten konnte, schwanden rapide.

Zu allem Überfluss trug Juliana ein Kind unter dem Herzen.

Und sie war bar jeder Ahnung, wer der Vater sein konnte.

Zu vielen Männern hatte sie ihre Gunst geschenkt. Am Anfang versuchte sie mit allen ihr bekannten Mitteln, sich des Kindes zu entledigen. Besorgte sich Petersiliensamen, sprang von hohen, groben Tischen. Nichts geschah. Juliana war verzweifelt. Kaum noch Geld, ein in Schande gezeugtes Kind unter dem Herzen und zu viel Angst, nach Hause zurückzukehren. Manchmal lag sie in ihrem Bette, starrte die schäbigen schrägen Wände des Gasthauses, in welchem sie nun hausen musste, an, dachte an die alten Zeiten und weinte. Ihr Vater war, was sie nicht wusste, mittlerweile an Kummer gestorben. Ihre Mutter war, überwältigt vom Schmerz und unwissend in geschäftlichen Belangen, mehreren Betrügern und falschen Freunden auf den Leim gegangen und mittlerweile so verarmt, dass sie nur noch ein Wohnrecht im ehemaligen Pförtnerhäuschen ihres Herrenhauses inne und eine kleine Abfindungszahlung zu erwarten hatte.

Juliana verkaufte ihren Körper, solange ihr Zustand noch nicht auf den ersten Blick sichtbar war. Nicht mehr spielerisch und diskret an Adelige und Reiche, sondern direkt und demütigend an Männer niedrigeren bis niedrigsten Standes. Aber sie sparte ihren kargen Lohn. Und als die Wehen einsetzten, ging sie ins Spital. Die Schmerzen der Geburt empfand sie als Strafe für all das, was sie anderen angetan hatte. Ihren Eltern und den Männern, die es gut mit ihr gemeint hatten und die sie stets mit Respekt behandelt und geehrt hätten, wäre es ihr nicht zu langweilig gewesen, eine brave und sittsame Ehefrau zu werden.

Als ihr die Nonnen den kleinen Jungen auf den Leib legten, waren die Schmerzen und trüben Gedanken wie weggeblasen. Zum ersten Mal in ihrem Leben empfand Juliana eine tiefe Zärtlichkeit für ein anderes Wesen und einen gewissen Sinn im Leben. Für dieses Kind würde sie alles tun. Ihren Lebenswandel aufgeben, ordentlicher Arbeit nachgehen und diesem Jungen all die Liebe zuteil werden lassen, die sie früher Eltern, Freunden und Männern versagt hatte. Für ein paar Wochen reichte das Geld noch aus. Doch das in Juliana lodernde Verantwortungsgefühl drängte sie, rechtzeitig eine Amme, die sich des Jungen tagsüber annehmen sollte, zu finden.

Mit ungeheurer, zuvor nie verspürter Kraft und Geduld fand Juliana eine Frau, die selbst zwei kleine Kinder hatte und ihr geeignet schien, den Kleinen für eine gewisse Summe tagsüber zu stillen und zu betreuen.

Juliana fand, nach mehreren Zurückweisungen, eine Stellung als Küchenhilfe im ersten Hotel am Platze. Das Leben war hart und neu, aber zum ersten Mal fühlte sich Juliana glücklich. Wenn sie abends von der Arbeit kam, holte sie den Kleinen, den sie Georg nannte, zu sich in ihr schäbiges Zimmer. Früh am Morgen wickelte sie ihn in warme Tücher und brachte ihn zur Amme. Diese betreute mittlerweile, ihre eigenen mit eingerechnet, fünf Kinder.

Eines dieser Kinder musste Georg mit Tuberkulose angesteckt haben. Juliana war verzweifelt. Kratzte ihr letztes Geld zusammen, verkaufte gegen ihr Versprechen, das sie sich selbst gegeben hatte, wieder ihren Körper, um das wenige Geld zu mehren. Doch kein Arzt konnte, so viel Geld er auch annahm, Georg helfen. Der kleine Georg starb, und unter einem Schleier von Tränen konnte ihm Juliana lediglich ein Armenbegräbnis ausrichten.

Des einzigen Wesens, das sie je geliebt hatte, beraubt, ohne Geld und ohne Hoffnung, gab es für Juliana nur noch einen Weg, den sie gehen wollte. Sie hatte niemals schwimmen gelernt, und die Fluten der Donau würden sie schnell und sanft erlösen.

Doch nicht das Wasser, sondern ein junger Mann, der sich gerade auf Geschäftsreise in Wien befand, rettete Juliana.

Zog sie mutig, ohne Angst um sein eigenes Leben und seine Gesundheit zu haben, aus der Donau und ließ sie in ein gutes Spital bringen. Nachdem ihre körperliche Genesung erfolgt war, nahm er sie mit in seine Heimat, nach Hamburg. Dort heiratete er Juliana, ungeachtet ihrer unrühmlichen Vergangenheit und gegen den Willen seines Vaters, der damals noch lebte.

Juliana bekam zwei Kinder, konnte aber das eine, Georg, niemals vergessen, und wird, solange ihr Herz schlägt, immer um den kleinen Jungen trauern. Ihre Schuldgefühle haben sie in die Schwermut getrieben. Für ein Leben lang.«

Ich sah Tränen in den Augen der alten Frau. Nahm ihre Hand, die zitternd auf dem Holz des Küchentisches lag.

»Dann ist also Frau Straten, die niemals lächelt, die Juliana aus Ihrer Geschichte?«

Die alte Frau nickte langsam. Dann sah sie mir direkt ins Gesicht.

»Ja. Frau Straten ist meine geliebte Tochter Juliana.«

Später, als ich mich tief bewegt und allein auf meinem Zimmer befand, verspürte ich eine unsagbare Sehnsucht nach meinen Eltern, sogar nach meinen Schwestern. Noch am gleichen Tage trat ich die Heimreise an. Schließlich hatte ich noch acht Tage Urlaub vor mir.

In der Mitte

Jahre sind
auf Irrwegen verdurstet
andere haben
von Ausflügen
nützliche Schätze
mitgebracht

Nachdem so viele
Konzepte gescheitert
sind
ist die Mitte endlich
annähernd erreicht

Der Aufenthalt am Gipfel
ist kurz
denn der Abstieg drängt
das Ich rinnt
ungebremst
an der Zeit herunter

Wo liegt das Land der Menschen?

Hätte er Bekannten und Freunden vor zehn Jahren von Urlaub im Kloster erzählt, wären ihm Gelächter und anzügliche Bemerkungen sicher gewesen. Heutzutage würde er wahrscheinlich, von einigen offen, von anderen hintenherum, nach der Adresse gefragt werden. Trotzdem zieht er es vor zu schweigen. Nicht aus Scham, sondern weil er nicht das Bedürfnis verspürt, den Weg, der ihn dorthin geführt hat, breitzutreten.

Thomas, von Freunden und guten Bekannten Tom genannt, bediente offensichtlich perfekt das Klischee des erfolgreichen Managers. Anfang vierzig, aber jünger aussehend, absolvierte er, mit allen erforderlichen Attributen wie Luxuswagen, Penthousewohnung und scheinbarer Lässigkeit gesegnet, seine Aufgaben. Er verdiente mehr, als er ausgeben konnte, und jede Anschaffung war ein paar Nummern größer als ihre Vorgängerin. Nur die Freude daran erlosch immer rascher. Und was nur er allein wusste: Seine Batterien waren gefährlich leer.

Es fing damit an, dass ihm seine bisherige Art der Freizeitgestaltung zunehmend auf die Nerven ging. Plötzlich wollte er nicht mehr vom Golfen zur nächsten Party hetzen und sich entscheiden müssen, welches Event Priorität hatte oder noch einzuschieben war. Seine Mailbox mutierte vom dichtmaschigen Informationsfänger zu einem Schutzwall, hinter welchem er ein Leben führte, das ihm keiner zugetraut hätte. Irgendwann warf er sogar seine Freundin aus der Wohnung, weil ihn ihre Oberflächlichkeiten zu erdrücken drohten. Er fühlte sich nur noch wohl, wenn er allein war. Anfangs vermochte er an ruhigen Wochenenden genügend Energie für die folgende Arbeitswoche aufzusaugen. Doch bald überfielen ihn bereits sonntags Magenschmerzen und diffuse Ängste. Sein Leben wurde zur Gratwanderung, und neunzig Prozent seiner sowieso knappen Ressourcen gingen dafür drauf, die Fassade zu halten. Die logische Konsequenz war, dass er Fehler machte. Mehrere kleine, die seine Assistentin abfangen konnte, aber auch große. Die Firma verlor Kunden und Millionenaufträge. Tom wurde gerügt und wusste, dass eine weitere Fehlentscheidung dieser Größenordnung das Ende seiner Karriere darstellen würde. Er wusste auch, dass Angst vor Fehlern der ideale Nährboden für das Entstehen derselben war. Tom bekam Angst vor der Angst. Konnte schlecht einschlafen, und wenn es ihm endlich gelungen war, schreckte er schweißgebadet und mit Herzrasen auf. Manchmal dachte er, dass ein Infarkt nicht nur andere traf. Seltsamerweise ängstigte ihn diese Vorstellung nicht, sondern erschien ihm wie eine Axt, die Teufelskreise zerschlägt.

Es war nicht der Verschluss eines Herzkranzgefäßes, sondern eine Entzündung des Wurmfortsatzes, auch als Blinddarm bekannt, die Tom dem Sog entriss. Er war im Büro zusammengebrochen und rasch in die Klinik gebracht worden.

Er musste sofort operiert werden, denn es bestand die Gefahr eines Durchbruchs. Tom hatte keine Angst. Im Gegenteil. Die Blinddarmoperation war genau das, was er dringend brauchte. Er konnte das Heft aus der Hand legen und sich der Verantwortung anderer anvertrauen.

Die Narkose war der Notschalter, der die sich längst verselbstständigte Maschinerie in seinem Kopf stoppte.

Als er aufwachte, verspürte er Durst und ein Ziehen der Wunde. Trinken durfte er nicht, aber gegen die Schmerzen konnte ihm die Schwester etwas geben. Immer wieder schlief er ein, und jedes Mal, wenn er aufwachte, vergewisserte er sich, dass er tatsächlich im Krankenhaus lag und nicht etwa in den nächsten Stunden zur Arbeit musste. Ihm war bewusst, dass er gescheitert war. Im Ziel gescheitert.

Sein Leben war, von den letzten Monaten einmal abgesehen, glücklich nach Plan gelaufen. Er hatte ein gutes Abitur gemacht und anschließend Internationales Recht studiert. Exzellente Abschlüsse hatten ihm eine Stellung mit guten Aufstiegschancen eingebracht. Er war die Karriereleiter rasch hinaufgeklettert und hatte seine Träume zu Wirklichkeit kondensieren können. Warum konnte er nicht einfach so weitermachen? Warum fehlte ihm neben der Kraft auch das Interesse, sein Leben festzuhalten?

Er bat die Schwester, ihm einen Chip für den Fernseher zu bringen. Eher gelangweilt schaltete er zwischen Fußball, getauschten Hausfrauen und den Nachrichten hin und her.

Ein Dokumentarfilm über Grönland erregte seine Aufmerksamkeit und ließ den Finger auf der Fernbedienung erstarren. Die Bilder, das Licht, berührten Toms Innerstes. Er erfuhr, dass Grönland die größte Insel der Welt ist und in Inuit-Sprache »Kalaallit Nunaat«, was so viel wie »Land der Menschen«, heißt. Land der Menschen. Ein treffender Name für eine Insel, deren Bevölkerungsdichte 0,025 Einwohner pro Quadratkilometer beträgt.

Tom dachte an die überfüllten Supermärkte und gehetzten Menschen hierzulande und an das Autofahren, das sich von der Fortbewegungsart zum Mikado für Fortgeschrittene entwickelt hatte. Wie erstrebenswert mussten Stille und Raum sein? Er lauschte den Geschichten eines alten Jägers und betrachtete die Schwarzweißaufnahmen der Polarforscher Peary, Nansen und Wegener. Was wäre, wenn er Wohnung, Autos und Kunst verkaufen würde? Wie lange könnte er vom Erlös leben? In Grönland, in einer einfachen Hütte? Plötzlich verstand er Aussteiger, die er bisher mitleidig belächelt hatte. Es könnte durchaus sein, dass er demnächst selbst zu einem wurde.

Die Kamera schwenkte auf einen Friedhof. Weiße Holzkreuze steckten schief, wahrscheinlich vom Wind aus ihrer ursprünglichen Position verweht, auf kleinen Geröllhügeln. Der Reporter berichtete aus einem Inuit-Dorf, in welchem sich viele junge Einwohner das Leben nahmen. Die Jugendlichen würden, so sagte er sinngemäß, die »andere Welt« aus dem Fernsehen kennen, aber in der eigenen keine Perspektiven sehen. Vom Jagen konnten die Inuit praktisch nicht mehr leben, und viele von ihnen wurden vom dänischen Staat unterstützt. Tom stellte sich einen jungen Eskimo vor, dem man die Chance gab, in der »anderen Welt« zu leben. Wie sollte er verstehen, dass in dieser nicht nur getötet wird, um zu überleben, sondern oft aus Langeweile, Habgier oder aus Freude am Schmerz von Tier und Mensch? Wie sollte man ihm erklären, dass sich diese Welt immer mehr auf Äußerlichkeiten reduziert, und dass nur dazugehört, wer jung und leistungsfähig ist und dem aktuellen Schönheitsdiktat Folge leisten kann? Was würde er über eine

Welt denken, die erfahrenen Jägern nicht zuhört, sondern sie wegsperrt?

Nach Ende der Reportage schaltete Tom den Fernseher aus. Die Wunde schmerzte schon wieder. Er klingelte nach der Schwester. Sekunden später war sie bei ihm und verabreichte ein schmerzstillendes Zäpfchen. Was war eigentlich, wenn man in der Einsamkeit Grönlands Zahnschmerzen bekam? Oder kurz vor einem Blinddarmdurchbruch stand? Nicht nur der junge Eskimo hätte Probleme in und mit der anderen Welt, dachte Tom. Doch woher kommt die Neigung, etwas, das wir gar nicht oder nur aus zweiter Hand kennen, als erstrebenswert anzusehen? Je weiter entfernt, desto besser? Eine geographische Veränderung allein kann kein Glück bringen oder gar darstellen. Vielleicht zieht es uns zum anderen Extrem oder in die Ferne, weil wir Angst davor haben, unsere innere Landschaft zu erkunden? Befürchten wir, dort verwüstete Erde vorzufinden? Oder eine Diktatur, die zu entmachten langwierig und nicht ohne Schmerzen ist, weil wir selbst das Amt des Tyrannen innehaben?

Nach der Entlassung aus dem Krankenhaus und nach Ende der Arbeitsunfähigkeit bat Tom um Urlaub, welcher ihm widerwillig genehmigt wurde. Ein bewusster Schritt die Leiter hinunter, den er nicht als Abstieg empfand.

Er reiste nach Bayern und mietete sich in einem kleinen Kloster ein. Jenseits von Hektik und Lärm fand er nach einigen Tagen der Stille auch Raum. Inneren Raum, der darauf wartet, bestückt zu werden.

Tom überstürzt nichts, denn er erfährt, dass die glücklich machende Ein- und Ausrichtung unseres Lebens kein statischer Zustand ist, den es rasch zu erreichen gilt, sondern ein Prozess, der so lange andauert, wie wir leben.

Sicher ist nur, dass Tom beruflich kürzer treten wird.

Er hat sich mit zwei anderen Managern, die sich ebenfalls im Kloster aufhalten, angefreundet. Die drei Männer werden ihr Wissen in Zukunft nicht nur den Firmen zur Verfügung stellen. Es gibt viele Jugendliche, die dringend Hilfe brauchen. Auch in Grönland.

Unlösbar

Sie riecht nach Stationsarzt nicht wie sonst nach dem Zivi mit der heiseren Stimme ihre Hände schwitzen zittern leicht als sie Kissen zurechtrückt ohne viel zu reden dabei weiß sie dass sie reden soll sogar reden muss Worte sind der einzige Weg zu mir denken sie und wissen nicht dass ich auch alles riechen kann wenn das Grau zurücktritt für weiß nicht wie lange bin froh wenn ich mich ausklinken kann fallen lassen ins Nichts wohin Gedanken nicht folgen können kann das Grau herbeiwünschen aber nicht fordern im Gegenteil komme immer öfter an die Oberfläche möchte aber nicht denken Paul ist oft hier sein Stoffwechsel entgleist merke es an seinem Atem auch seine Finger sind dünner geworden so wie damals jeder Verlust nimmt ein Stück von ihm mit erst Ira jetzt ich aber er gibt nicht auf hält sich fest an jeder Zuckung glaubt an eine Zukunft die wir nicht haben fragt sich warum er unverletzt davongekommen ist denkt an das was war die Vergangenheit ist mein

Anker mein Rückzugsort dorthin schicke ich die Gedanken wenn sie zu schwer werden sehe mich jünger
fast unverbraucht das muss Paul und Ira gefallen sogar
überzeugt haben mich einzustellen in der Hoffnung
dass etwas von meiner Frische übergeht und so war es
habe die Stellung genossen bin anständig behandelt
worden fast wie eine Tochter manchmal sieht er eher
die Tochter in mir als die Geliebte und Kameradin als
Kameradin habe ich angefangen vielleicht aufgefangen
damals in den ersten schweren Wochen war der Fels in
der Brandung den das Meer umarmen durfte die erste
gemeinsame Reise anfangs noch verhalten in der Annä-
herung doch der Hunger ließ sich nicht verleugnen sahen
keinen Verrat waren berauscht von uns an uns wie die
Wahnsinnigen haben wir geliebt feuchte zerwühlte Laken Spaziergänge im Muckross Park Kaminstunden in
der Hoffnung auf Wiederholung und Steigerung nachts
konnte ich danach nicht schlafen vor Glück keine Zweifel damals manchmal bringt er den Walkman mit hofft
dass mich die Musik wachküsst wahrscheinlich haben
es die Ärzte empfohlen er lässt nichts unversucht dabei
besteht wohl keine Chance mehr die Arterien sind starr
geworden wie die einer Greisin nur noch eine Frage der
Zeit bis ein Schlaganfall allem zuvorkommt sie sagen
ihm nichts spüren dass er es nicht packen würde die
Wahrheit ist nicht für jeden tragbar ich bin stärker als
er warum schalten sie nicht ab wahrscheinlich brauchen
sie sein Einverständnis auch wenn nur noch ein Wrack
lebe und bin ich für ihn alles sein Leben würde er geben
für ein Lächeln von mir sieht er es wenn ich die Lippen
verziehen will keine Ahnung wie lange ich hier schon

liege weiß manchmal gar nichts das sind die gnädigen Zeiten manchmal erinnere ich mich an die Sekunden vor dem Aufprall will alles wissen und doch von mir schieben Gas und Bremse gleichzeitig lasse mich dann wieder zurückfallen in diffuses Licht wo alles so leicht erscheint sie probieren ständig etwas Neues an mir aus bin ich noch Mensch oder schon Versuchstier sie sprechen nichts Verfängliches an meinem Bett keine Klarheit so haben wir es früher auch gehalten im Krankenhaus wie lange ist das jetzt her drei Jahre war ich nur für Ira da habe ihren langsamen Verfall erträglicher gemacht für sie und für Paul ich glaube sie hat mich geliebt war eine schöne Frau und glücklich mit ihm hat sich nie beklagt nie gefordert wie es viele Schwerkranke tun ohne Verständnis für diejenigen die noch schmerzfrei sind schön war sie auch im Tod das rote Haar wie einen Schleier ums Gesicht gelegt und Paul hat sie auf die fahlen Lippen geküsst als könnte er sie zurückholen neu erwecken er küsst jetzt mich hofft dass es diesmal gelingt wahrscheinlich macht er sich Vorwürfe hatte getrunken nicht viel einen Whiskey vielleicht er hat nie viel getrunken wenn er fahren musste war immer verantwortungsvoll aber ein Whiskey reicht um verzögert zu reagieren zu langsam als die Scheinwerfer direkt auf uns zukommen plötzlich da sind Bremsen so zwecklos wie mein Schrei als wir die Leitplanken durchbrechen und fliegen bis zum nächsten Aufprall der weicher ist als der erste weil Wasser eindringt in den Wagen die Tür geht nicht auf meine Fingernägel brechen Paul zerrt ich schlucke Wasser es steigt an nie hätte ich gedacht dass ein Auto so schnell voll läuft es ist kalt und alles wird dunkel es ist schön an nichts mehr zu denken keine Angst zu haben Angst habe ich wenn ich weiter zurückgehe in jene Zeit die zwischen dem Aufbruch bei John und Elisa liegt und dem Moment als die Scheinwerfer vor uns auftauchen rieche noch Elisas Parfum als sie mich an sich drückt im Garten und John einen Witz reißt John ist ein lieber Kerl nur manchmal zu laut etwas von dem was er sagt dringt tief in mich öffnet eine Schublade die so gut verschlossen war für immer vergessen gedacht mein Puls jagt gleich werden sie ins Zimmer gestürzt kommen will abstürzen aber kein Entrinnen mein Mund ist so trocken warum kann ich nicht schlafen für immer schlafen so wie Ira für immer schläft weil ich ihr ein Kissen aufs Gesicht gedrückt habe wollte Paul für mich haben nicht warten bis sie den Platz endlich räumt war wie ferngesteuert nachdem John den Witz gemacht hatte wie ein totes Kind in mir das ich gebären muss war der Zwang Paul alles zu erzählen komme nicht dahinter ob ich es getan oder mir nur vorgestellt habe die Frage ein glitschiger Stein der immer wieder aus der Hand gleitet würde Paul so oft zur Mörderin seiner geliebten Frau kommen aber auch er hat die Kontrolle verloren nicht nur über den Wagen schon lange zuvor seine Blicke machen ihn zum Mittäter werde nie erfahren ob er es weiß hoffentlich schalten sie bald ab.

Anubis No. I

Niemand außer ihm hatte gewusst, dass ich keine billige Replik war. Aber sie musste etwas gespürt haben, als sie mich vorhin angefasst hatte. Ihre Finger waren, fast ehrfürchtig, an einer Stelle auf meinem Rücken verharrt.

Sie hatte mich länger und intensiver betrachtet als all die anderen Skulpturen, mit denen ich die letzten zehn Jahre in einer großen, mit Samt ausgeschlagenen Truhe, verbracht hatte. Und sie hatte mich nicht zu den anderen zurückgelegt und wieder auf den Speicher getragen, sondern mich vorsichtig auf den Schreibtisch gestellt.

Hatte sie meine unglaubliche Geschichte erahnt?

Neben mir auf dem Schreibtisch stand eine Fotografie ihres Vaters. Sie zeigte ihn als relativ jungen Mann und musste zu einer Zeit aufgenommen worden sein, als sich seine Karriere noch im Anfangsstadium befunden hatte.

Später, als er sich weltweit in Fachkreisen einen Namen gemacht hatte, waren wir uns begegnet. Im Keller eines Museums in Kairo. Dorthin hatte man mich, lieblos und unwissend, folglich ohne den notwendigen Respekt, verbannt.

Sein Blick hatte Ehrfurcht und Bewunderung ausgedrückt, wie sie mir schon lange nicht mehr zuteil geworden waren. Er hatte seine Hand nach mir ausgestreckt, meine Energie und Zustimmung gespürt und mich rasch in der Innentasche seines Trenchcoats verschwinden lassen. Ich war mir augenblicklich sicher gewesen, dass ich diesen kräftigen Herzschlag noch lange in Freundschaft begleiten wollte.

Der Diebstahl war niemals entdeckt worden und so war ich Mitte der sechziger Jahre nach London gekommen.

Er hatte mir einen Ehrenplatz in seinem Haus gegeben. Mit mir gesprochen, mich berührt, mich befragt. Andere, aber tote Skulpturen in meiner Nähe drapiert, um mich vor Unwissenden, oder gar Dieben, zu schützen. Und um unsere Freundschaft geheim zu halten.

Als er vor zehn Jahren einem kurzen und schmerzlosen Leiden erlegen war, hatte meine Seele die seine begleitet. Zum Totengericht. Unter dem strengen, aber gerechten Blick von Osiris und seinen zweiundvierzig Beisitzern war sein Herz gegen die Feder der Wahrheit aufgewogen worden. Ich selbst hatte die Justierung der Waage und die Waagschale mit dem Herzen kontrolliert. Das Urteil war, wie nicht anders erwartet, gut für ihn ausgefallen.

Seine Witwe, oberflächlich und weder an Archäologie noch an Kunst interessiert, hatte mich und die anderen Skulpturen auf den Speicher verbannt. Neun Jahre später war sie verstorben, ohne meinen Schutz, geschweige denn meine Begleitung zum Totengericht, erhalten zu haben.

Gaynor war der Name der Tochter. Sie hatte die klugen Augen und die Sensibilität ihres Vaters. Und meine Sympathie.

Vieles hatte sie aus ihrem Elternhaus entfernen müssen, um die untere Etage aus wirtschaftlichen Gründen vermieten zu können. Sie selbst gönnte sich nur ein Schlafzimmer, das Arbeitszimmer ihres Vaters, ein kleines Bad und eine Kochnische im ersten Stockwerk.

Sie hatte nach dem Tod ihrer Mutter die Arbeit im Krankenhaus niedergelegt, weil sie niemals gelernt hatte, sich vom Leid anderer zu distanzieren, und wollte sich jetzt ganz ihrer Leidenschaft, dem Schreiben, widmen.

Ich wusste, dass sie das Zeug zu einer großen Karriere hatte. Und wenn sie zu mir finden würde, könnte ich ihr mit der Erfahrung von Jahrtausenden zur Seite stehen.

Ihr Blick fiel auf mich, während sie nachdachte, an einer Formulierung feilte. Sie legte Block und Stift beiseite und nahm mich vorsichtig in die Hand, betrachtete mein Gesicht. »Anubis«, flüsterte sie mit heiserer Stimme.

»Streich den letzten Satz, er ist nicht gut.«

»Du hast Recht.«

Die gedankliche Kommunikation funktionierte. Wie mit ihrem Vater. Ohne Angst, ohne ungläubiges Hinterfragen. Wir hatten uns gefunden.

In meinem langen Dasein hatte es nicht viele Freunde gegeben. Und die wenigen, die mich ein Stück des Weges in meinem einsamen Treiben im Echo der Jahrtausende begleitet hatten, waren irgendwann gestorben. Ich hatte nicht mehr für sie tun können, als sie zum Totengericht zu begleiten.

Ich würde Gaynor helfen, ihren Lebenstraum vom Schriftstellerdasein zu verwirklichen. Und ich würde sie beschützen müssen, vor einem Mann, der bald in ihr Leben treten würde.

Ihr Tagesablauf war diszipliniert. Sie stand früh auf, frühstückte bescheiden, kümmerte sich für zwei Stunden um den kleinen Haushalt und um sonstige Erledigungen.

Danach setzte sie sich an den Schreibtisch ihres Vaters und arbeitete. Entweder mit Block und Stift, oder mit dem Laptop. Besuch hatte sie eher selten. Ab und zu kam Edwina, die sie aus dem Krankenhaus kannte, vorbei. Manchmal meldete sich Sir Malcolm Webberley, ein guter Freund ihres verstorbenen Vaters, zum Tee an. Hausangestellte hatte und vermisste sie nicht. Sie war ein Mensch, der intelligent genug war, Einsamkeit zu ertragen, oder, besser gesagt, sogar zu genießen. Im Laufe meines Daseins hatte ich gelernt, dass nur Narren nicht allein sein konnten. Sich jedwede Gesellschaft, und sei sie noch so geistlos und zeitraubend, zumuteten, um die Illusion zu nähren, der drohenden, an ihnen nagenden Einsamkeit zu entkommen.

Gaynor arbeitete oft bis in die Nacht hinein. Sie war begabt, ohne Zweifel. Aber nicht selbstbewusst genug. Und niemals zufrieden mit dem, was sie zu leisten vermochte.

Ich würde sie mit Thot, dem ibisköpfigen Schreibergott, bekannt machen. Wenn die Zeit reif war.

So verbrachten wir einige Wochen miteinander, und ich fand mehr und mehr Gefallen an ihrem ausgewogenen, hauptsächlich der Arbeit geweihten Leben. Auch Edwina und Sir Malcolm mochte ich. Sie waren meiner Freundin wohlgesonnen.

Ihr erstes größeres Werk, ein Kriminalroman, stand kurz vor der Vollendung, und sie hatte bereits mit einem Verlag in Mayfair Kontakt aufgenommen, der daran interessiert war.

Ihre Ruhe war in den letzten Tagen einer hektischen Betriebsamkeit gewichen, die mir Angst machte. Sie zweifelte, strich und überarbeitete so oft, bis sie sich im Kreis zu drehen schien. Ich wusste mir keinen anderen Rat, als Thot in ihre Träume zu schicken. Er war in der Kunst des Schreibens bewanderter als ich, der ich mich hauptsächlich ums Mumifizieren und Einbalsamieren verstand.

Mit Freude bemerkte ich, dass es funktionierte. Sie stand morgens auf, setzte sich noch vor dem Frühstück an ihre Arbeit und korrigierte und ergänzte auf eine noch nie da gewesene, selbstverständliche Art und Weise.

Erleichtert und sogar sicher, gute Arbeit geleistet zu haben, gab sie das Manuskript an den Verlag. Aber noch wusste sie nicht, dass bereits ihr Erstlingswerk bald die Bestsellerlisten stürmen würde.

Sie gönnte sich eine knappe Woche Ruhe. Las viel, machte Spaziergänge im Hyde Park und besuchte das Grab ihrer Eltern auf dem Highgate-Friedhof.

Auf der Rückfahrt vom Friedhof war das passiert, was ich ihr gern erspart hätte. Sie war in der Undergroundbahn ausgerutscht und hatte sich leicht am Knie verletzt. Ein junger, sehr gut aussehender Mann hatte ihr geholfen und darauf bestanden, sie nach Hause zu bringen. Wo waren ihre Intelligenz und ihr sechster Sinn geblieben? Ich hatte seine gierigen Augen gesehen, als sie ihn ins Arbeitszimmer gebeten und sich in die Küche zurückgezogen hatte, um Teewasser aufzusetzen. Kaum hatte sie die Tür hinter sich geschlossen, war er aufgestanden und hatte die wertvollen Gegenstände im Zimmer inspiziert. Und mich angefasst, aber sofort die Hand wieder zurückgezogen. Als er in den Spiegel über dem Kamin schaute, war meine Stunde gekommen. Ich schlich mich von hinten an ihn heran, legte meine Pfoten auf seine

Schultern und ließ, ganz nah bei seinem Gesicht, meine Zähne und die gelbgrünen Augen blitzen. Wie vom Donner gerührt drehte er sich herum. Sah mich aber nicht mehr. Im gleichen Moment betrat Gaynor, mit einem Tablett beladen, den Raum.

»Ihr Hund hat mich mächtig erschreckt!«

»Mein Hund?«

»Ja, dieser Dobermann.«

»Ich habe keinen Hund. Und schon gar keinen Dobermann.«

»Aber ich habe ihn doch deutlich gesehen. Er sieht so ähnlich aus wie die Schakalskulptur auf dem Schreibtisch.«

Gaynor kräuselte die Stirn. Überlegte. Wahrscheinlich hatte Jack die Skulptur auf dem Schreibtisch gesehen, und, angeregt durch die zugegebenermaßen etwas düstere Atmosphäre des Zimmers, war seine Phantasie wohl mit ihm durchgegangen.

»Vielleicht hat Ihnen Ihre Phantasie einen Streich gespielt?«

Jack zögerte. Lächelte dann schwach.

»Wahrscheinlich. Ich bin in letzter Zeit etwas überarbeitet.«

Sie wechselten das Thema und sprachen über das Wetter.

Gaynor deckte den kleinen runden Tisch und goss Tee ein.

Er erzählte ihr, dass er Immobilienmakler sei und in der Nähe des Highgate-Friedhofs sein Büro habe. Er war charmant. Kultiviert. Und sah, meiner Meinung nach, fast zu gut aus.

Gaynor erzählte ein wenig von ihrer Autorentätigkeit und er schien sehr interessiert, stellte sogar Fragen, die sie von einem Laien nicht erwartet hätte.

Zum Abschied lud er sie ein, sich am nächsten Tag mit ihm in einem Kaffeehaus in der Nähe des Friedhofs zu treffen. Sie fragte nach der genauen Adresse und begleitete ihn hinaus.

Als sie wieder ins Zimmer kam, sah ich mit Bestürzung, dass sie sich verliebt haben musste. Ich hätte ihr alle Liebe dieser Welt gegönnt, aber nicht die zu einem kriminellen Hochstapler. Ich musste in Zukunft noch mehr auf sie aufpassen.

Am nächsten Morgen fing sie schon wieder an zu arbeiten. Wieder ein Krimi. Ihre Gedanken flossen zügiger, klarer als beim letzten Mal. Thot schien es gut mit ihr zu meinen.

Am Nachmittag wollte sie auf den Friedhof. Und nicht nur das. Der junge Schnösel mit den blauen Augen hatte es ihr angetan. Bevor sie ging, streichelte sie mich. Hielt inne. Spürte zwar meine Gedanken, wollte sie aber nicht wahrhaben. Wehrte sich dagegen, ließ nichts Negatives an sich heran. Ich konnte sie nicht aufhalten.

Es war schon spät in der Nacht, als er sie nach Hause brachte. Ungewöhnlich fröhlich stürmte sie die Treppen hinauf. Die Abschiedsküsse unten im Flur hatten sie blind gemacht. Blind für die Tatsache, dass er beim Hinausgehen ein Streichholz ins Haustürschloss geschoben hatte. Bald würde er, ohne Einladung und zu unhöflicher Stunde, hier eindringen, um die Gegenstände zu stehlen, die er bei seinem ersten Besuch schon mit den Augen verschlungen hatte. Nun musste ich mich also auf die Lauer legen, um meine verblendete Freundin zu beschützen.

Er kam noch in der selben Nacht. Sie hörte ihn nicht. Schlief tief vor lauter Liebesglück. Er schlich sich ins Arbeitszimmer, stahl zwei teure Uhren, einen Smaragdring und eine edelsteinbesetzte Pillendose. Auch nach mir streckte er seine Hand aus, traute sich aber im letzten Moment nicht, zuzupacken. Er tröstete sich mit einem Gemälde, welches zwischen den beiden Fenstern hing. Leise und bepackt verließ er das Arbeitszimmer und schlich sich die Treppe hinunter. Ich folgte ihm lautlos. Als er sich schon reich und in Sicherheit wähnte, sprang ich ihm in den Rücken. Nicht sein Sturz war tödlich, sondern der Blick aus meinen gelben Augen.

Am nächsten Morgen herrschte helle Aufregung. Das Architektenpaar Lowe, das seit einiger Zeit die untere Etage als Büro angemietet hatte, fand Jacks Leiche auf der Treppe. Mr. Lowe alarmierte sowohl Gaynor als auch New Scotland Yard.

Meine Freundin, nur mit einem Bademantel bekleidet, erfasste die Situation sofort. Sah den Mann, in den sie sich so ungewöhnlich schnell verliebt hatte und die Sachen ihres Vaters auf den Stufen verteilt liegend. Beinahe wären die geliebten Erinnerungsstücke für immer verloren gewesen.

Ein Inspector kam, Techniker und der Gerichtsmediziner. Fragen wurden gestellt, hauptsächlich an Gaynor. Sie hielt sich tapfer, aber ich spürte, dass sie kurz vor dem Zusammenbruch stand. Als der Inspector endlich gegangen war, ging sie zu Bett. Verharrte dort in einem

Zustand fiebriger Erschöpfung, weder fähig zu schlafen, noch einen klaren Gedanken zu fassen.

Ich wachte auf dem Teppich neben ihrem Bett. Tagelang, nächtelang. Sie erschrak nicht, als sie mich sah. Strich mir sogar über den Kopf. Bedankte sich wortlos und weinte.

Ihr Zustand besserte sich kaum. Das tragische Vorkommnis in ihrem Hause wurde nach langwierigen Untersuchungen und Verhören als Unfall eines Einbrechers zu den Akten gelegt. Gaynor allerdings konnte den Fall nicht abschließen. Sie war innerlich zerrissen zwischen Scham, Liebeskummer und Dankbarkeit, dem Schicksal noch einmal von der Schippe gesprungen zu sein. Ich musste sie wiederherstellen, zusammenfügen. So wie ich vor Jahrtausenden Osiris Körper wieder zusammengesetzt hatte, nachdem ihn sein eifersüchtiger Bruder Seth getötet, zerstückelt und über ganz Ägypten verstreut hatte. Ich setzte mich noch einmal mit Thot in Verbindung und bat ihn, uns erneut zu helfen.

Der treue Freund verließ uns nicht. Schickte neue Ideen in ihre fiebrigen Träume. Als sie eines Morgens voller Elan aufstand und sich sofort an den Schreibtisch setzte, wusste ich, dass wir den Kampf gewonnen hatten. Sie arbeitete wie besessen. Und manchmal empfing sie auch wieder Besuch. Edwina und Sir Malcolm.

Ein Anruf kam vom Verlag. Einer der Lektoren wollte die endgültige Fassung ihres ersten Kriminalromans mit ihr durchsprechen. Sie verabredeten sich für vier Uhr am Nachmittag.

Erst in der Nacht kam sie nach Hause. Zu Tode erschöpft, doch scheinbar auch gelöst, vielleicht sogar ein bisschen glücklich. Nur ein bisschen. Denn noch ahnte sie nichts. Nichts von dem, was sich jenseits ihrer beruflichen Erfolge abspielen sollte.

Es blieb nicht bei diesem einen Treffen. Und nicht bei rein beruflichen Kontakten. Als George sie zum ersten Mal zu Hause besuchte, zwinkerte ich ihr vom Schreibtisch aus zu. Sie verstand sofort. Das sah ich an ihrem Lächeln.

Witwe

Mein Ziffernblatt
zu Staub zersprungen
irre ich
verbogenen Zeigern gleich
unsere Stunden suchend
doch ich spür sie nicht

Will nur dein Echo fangen
halten
es gleitet durch die Hände
wie durch Zeit
seine Farben flutet stetig
losgelöstes Grau

Kometenschweiftot
verbleibe ich
ausgeliefert
meiner starren Bahn
wie lange quält mich noch
Routinerotation?

Milan und Dana

Die Frequenz hatte in den letzten Jahren deutlich nachgelassen, doch noch gab es ab und zu eine Affäre in ihrem Leben. Nichts Spektakuläres, nichts, was auch nur im Entferntesten mit Liebe zu tun gehabt hätte. Sie fühlte sich dabei eher wie beim Spontankauf eines Kleidungsstücks, dessen zukünftige Karriere sich bereits beim Bezahlen abzeichnete. Ein verdrängtes, zerknittertes Dasein im hintersten Schrankwinkel, noch nicht einmal wert, ein würdevolles Ende durch Verschenken oder Wegwerfen zu erfahren.

Die Tatsache schwindenden Interesses seitens der Männer lag nicht daran, dass sie die angeblich magische Grenze von sechsunddreißig, hinter welcher Frauen unsichtbar werden sollen, gerade überschritten hatte. Vielmehr war es so, dass sie ihre tatsächlichen oder eventuellen Partner immer unverhüllter spüren ließ, wie egal sie ihr waren.

Und welcher Mann wurde gern benutzt, zum Lustobjekt für eine Physikstunde degradiert?

Trotzdem war die Liebe keine Fremde für sie. Sie hatte sie zwar nie im klassischen Sinne gelebt, aber in einer anderen Form, die Kräfte zehrender und ausschließlicher war, als ihr gut tat. Ins Leere zu lieben war vergleichbar mit dem Bestreben, im tiefsten Winter ein altes Haus zu heizen, dessen Fenster und Türen sich nicht schließen lassen. Die Folge davon war emotionale Erschöpfung, längst therapiebedürftig, doch vor ihr selbst und anderen geschickt verborgen gehalten.

Ihr Team schätzte sie als kompetent und zuverlässig, Eigenschaften, die auf ständig wechselnden Baustellen in aller Herren Länder unabdingbar waren.

Sie hatte exakt eine Woche frei bekommen, sieben Tage in ihrer anonymen Wohnung im hessischen Frankfurt, um sich von drei Monaten Syrien für eine ähnlich lange Zeit in Malmö auszuruhen. Die Rückkehr- und Vorbereitungsmaßnahmen vollzog sie in solchen kurzen Pausen mit einer ihr eigen gewordenen, fast kalten Strategie. So waren Kleider, Schuhe und Erinnerung längst endgültig von Sand und Hitze gereinigt, als sie sich Zeit nahm, die Post durchzusehen. Beinahe hätte sie den Brief übersehen, der sich in der Flut ärgerlichen Werbematerials versteckt hatte und nur die Ecke mit der Briefmarke sehen ließ. Sofort identifizierte sie diese als eine tschechische, vor einigen Tagen in Pardubice abgestempelt. Und sie wusste sofort, wer den Brief geschrieben hatte. Marta. Die Familie musste umgezogen sein. Nun wollte die alte Frau sie zur Erstkommunion ihres Enkels Petr einladen.

Sie ließ den Brief sinken, wehrlos dem Gefühlscocktail und dem Rauschen in den Ohren, welches sie normalerweise nur heimsuchte, wenn es Probleme auf dem Bau gab, ausgeliefert.

Warum musste sie erst in einer Woche nach Schweden fliegen?

Sie ging zu Bett, in der naiven Hoffnung, etwas Schlaf und Abstand zu finden. Vergebens. Nachts waren nicht nur Geräusche lauter, sondern auch die Gedanken aufdringlicher. Und Schmerzen stärker.

Es wäre alles geradezu lächerlich einfach gewesen. Warum hätte sie nicht ihre Heimat, die sie bald nach der Wende verlassen und dann nie mehr, auch nicht aus beruflichen Gründen, besucht hatte, wiedersehen sollen? Sie hätte ihre Eltern auf dem kleinen Friedhof von Stity besuchen und an den üppigen, sicherlich fröhlichen Kommunionsfeierlichkeiten eines kleinen Jungen teilnehmen können. Das Problem war der Vater des Kleinen. Milan.

Sie waren Nachbarskinder gewesen, die blonde Dana und der etwas ältere Milan. Sie hatten sich ihre einfache, aber schwerelose Kindheit geteilt. Der hoch gewachsene, dunkle Junge mit den blauen Augen hatte seiner kleinen Freundin im Bach das Schwimmen beigebracht, sie getröstet und versorgt, wenn sie sich die Knie aufgeschürft hatte. Er war ihr Ritter gewesen, nicht nur, wenn es ums Beschützen ging. Später, als er in der Stadt aufs Gymnasium gegangen war, hatte er ihr manchmal Kleinigkeiten mitgebracht, die sie wie Schätze gehütet und als ein Versprechen betrachtet hatte. Dann war er nach Prag gezogen, um Medizin zu studieren. Von diesem Zeitpunkt an hatte Dana nur gewartet. Gewartet, dass er endlich Semesterferien hatte und nach Hause kam. Und er war regelmäßig gekommen, später mit einem alten Lada, der sein ganzer Stolz gewesen war. Seine Einladung und ihre Zusage zu einer Spazierfahrt mit Picknick hatten sie das Vakuum der vergangenen Wochen und Monate vergessen lassen. Und der Kuss, den er ihr gegeben hatte, bevor er wieder nach Prag verschwunden war, hatte sie die kommende einsame Zeit nicht mehr als Berg, den es zu überwinden galt, sondern als sanftes Hügelchen, erscheinen lassen.

Doch dann waren Milans Besuche seltener geworden. Seine Mutter hatte, nicht ohne Stolz, von wichtigen Prüfungen gesprochen. Später von einem Studienkollegen, dem er helfen musste.

Es war im Winter gewesen, kurz vor Weihnachten und kurz nach dem langen Sterben ihrer Mutter, als Dana nachhaltig verletzt worden war. Milan war nach Hause gekommen, aber diesmal nicht allein. Seine Freundin Ivana war ebenso groß und dunkel gewesen wie er selbst, und er hatte nicht begreifen können, warum Dana sich so verändert hatte, nicht mit ihnen ins Kino oder zum Tanzen gehen wollte. Er hatte ihr abweisendes Verhalten auf den Todesfall geschoben und auf die Anstrengungen, die sie seitdem auf sich nehmen musste, um über die Runden zu kommen.

Der strenge Winter hatte noch keinen Gedanken an Frühling zugelassen, als Dana innerhalb kürzester Zeit geregelt hatte, was zu regeln war, um Heimat und ihr bisheriges Leben zu verlassen. Niemandem hatte sie sich offenbart, niemandem etwas erzählt, keiner hatte den wahren Grund, warum sie Stity verlassen musste, geahnt. Auch Milan und seine Mutter nicht. Zu dieser Zeit war es nichts Ungewöhnliches gewesen, wenn jemand im Westen sein Glück suchte und zu finden hoffte. Sie hatte Milans Mutter einen Briefumschlag mit ein bisschen Geld gegeben und sie gebeten, nach dem Mausoleum zu sehen und halbherzig versprochen, regelmäßig zu schreiben.

In der darauf folgenden Nacht war sie verschwunden, hatte sich, nur mit einem kleinen Rucksack, praktisch ohne Geld und Anlaufstelle, bis nach Frankfurt durchgeschlagen. Mit Kellnerei und Putzen hatte sie sich ihr Studium finanziert und nur anfangs und ungern an

Marta geschrieben. Irgendwann war der Briefkontakt versickert, hatte nicht mehr existiert. Und nun war er wiederauferstanden.

So lag sie, die nomadisierende Bauingenieurin, ausnahmsweise einmal im eigenen Bett und wusste nicht, ob sie die Reise nach Tschechien antreten sollte oder nicht. Ihre Gefühle waren ambivalent. Der Brief hatte einerseits einen Schmerz reintensiviert, von welchem sie manchmal glaubte, ihn im Griff zu haben. Andererseits ließ sie die Aussicht, Milan nach sechzehn Jahren wiederzusehen, wohlige Gänsehaut bekommen. Es war allerdings auch denkbar, dass er, nach so vielen Jahren, seine Macht über sie schlagartig verlieren könnte. Vielleicht war er mittlerweile ein dicklicher Langweiler und die Reise eine Chance, mit der Glorifizierung aufzuhören und Milan dorthin zu verbannen, wo er vielleicht hingehörte. In die Schublade »mal gekannt, mehr nicht«.

Eine lukrative Vorstellung. Zwei Gründe, um zu fahren.

Nach drei Monaten in Jeans und Sicherheitsschuhen auf der Baustelle genoss sie Frankfurts Edelläden. Das Schlendern über Rindermarkt und Goethestrasse bereitete ihr ein prickelndes Vergnügen. Sie hätte es niemals zugegeben, aber alles was sie kaufen wollte, kaufte sie in erster Linie für Milan. Nicht etwa, um ihm vorzuführen, welch tolle Frau er verpasst hatte, sondern schlicht und ergreifend, um ihm zu gefallen. Beim angesagtesten Friseur der Stadt ließ sie sich verjüngende Stufen ins lange Haar schneiden, anschließend kaufte sie sich eine Handtasche, passende Schuhe mit Schwindel erregend hohen Absätzen und ein Designerkostüm. Sie hatte abgenommen, passte mittlerweile in Größe sechsunddreißig. Ihre Haut erschien im Spiegel der Frankfurter Boutique gebräunter als noch vor zwei Tagen in Syrien. Die Sonne hatte ihr ohnehin blondes Haar um weitere zwei Nuancen aufgehellt. Der neidlose, bewundernde Blick der jungen Verkäuferin war ein Energieschub, und Dana buchte einen Flug nach Prag.

In der Moldaumetropole, die schon zu kommunistischen Zeiten westliches Flair besessen hatte, schlugen ihr die Veränderungen, die es seit der Wende gegeben hatte, nicht so massiv entgegen wie in der eher ländlichen Gegend, die sie auf ihrer Fahrt in Richtung Pardubice durchquerte. Der Heimaterdenkontakt tat weniger weh als erwartet. Und der Skoda, den sie sich am Flughafen geliehen hatte, war schwarz und ließ keinen Anspruch unbefriedigt. Sie wurde von eleganten, dunklen Limousinen überholt, einen alten Lada, wie ihn Milan besessen hatte, sah sie nicht. Nur die scheinbar endlosen Wälder links und rechts der Landstraße waren sich treu geblieben, von jeder Veränderung unbeeindruckt. Riesige Tankstellen und Schnellrestaurants waren alle paar Kilometer errichtet worden, unterbrachen jene Düsternis des Landes, die Fremden romantisch erscheinen musste.

Sie verließ die Landstraße, trank einen Kaffee und wurde, obwohl noch schlicht in Jeans und Lederjacke gekleidet, von einigen Brummifahren neugierig beäugt. Sie hatte keine Angst vor Männern, war deren Blicke und manchmal derben Sprüche gewöhnt. Sie war eine Frau vom Bau. Und sie hatte ihre Muttersprache kein bisschen verlernt.

Sie fuhr weiter, am Stadtrand von Pardubice nahm sie sich ein Zimmer. Es war früher Nachmittag, und als sie auf dem Bett des einfachen Zimmers saß, rumorten plötzlich Zweifel. Noch gab es ein Zurück. Sie hatte sich nicht bei Marta gemeldet, noch wusste niemand aus der Familie, dass sie überhaupt im Land war. Sie grübelte und widerstand dann doch der Versuchung, sich ins Auto zu setzen und wieder zum Flughafen nach Prag zu fahren. Denn eine feige Frau war sie nicht.

Bis nach Stity waren es nur etwas mehr als einhundert Kilometer, für ihre Maßstäbe keine Entfernung.

Stity hatte sich kaum verändert, die Pestsäule stand nach wie vor auf dem Marktplatz. Der Friedhofsverwalter war jung, etwas desinteressiert und kannte Dana nicht. Nach einem kurzen Blick auf ihren Ausweis händigte er ihr den Mausoleumsschlüssel aus, nicht ohne auf seinen Feierabend in einer Stunde hinzuweisen. Erst nachdem sie hoch und heilig versprochen hatte, den Schlüssel garantiert wieder abzugeben, durfte ihn Dana für ein paar Tage behalten.

Als Fremde lief sie durch die Straßen, das Haus, in welchem sie mit ihrer Mutter gelebt hatte, war verwahrlost und scheinbar immer noch, oder schon wieder, unbewohnt. Nebenan, wo Milan mit seiner Familie gewohnt hatte, befand sich jetzt im Erdgeschoss eine Bäckerei. Aus einem Fenster der oberen Stockwerke hörte sie Kinderlachen. Vielleicht war nur Marta umgezogen, es war durchaus möglich, dass eine von Milans Schwestern noch im Haus wohnte. Dana war nicht in der Stimmung, den Lebenden zu begegnen und Fragen zu beantworten. Also bewegte sie sich in Richtung der hohen Pappeln, die den Friedhof umrandeten und ihn von weitem sichtbar machten. Die Eingangshalle hatte sich nur insofern verändert, dass die Zeit an ihr gefressen hatte. Vielleicht war es immer so kalt darin, weil sie, ganz früher, als Leichenhalle gedient hatte? Dana schloss den Reißverschluss ihrer Lederjacke und ging hindurch.

Der Friedhof war, wie nicht anders erwartet, dichter belegt als noch vor sechzehn Jahren. Es gab neue Gräber, meistens kleine für preiswertere Urnenbestattungen, immer noch viele, oft verwahrloste Gräber von Deutschen, die hier gelebt hatten und schon vor 1945 gestorben waren. Und immer noch stand, ziemlich genau in der Mitte des älteren Bereichs, das Mausoleum. Danas Familie hatte weder über Reichtum noch Stand verfügt, aber ihr Großvater mütterlicherseits war ein verdienstvoller Feuerwehrmann gewesen, der in den dreißiger Jahren eine Familie aus einem brennenden Haus gerettet hatte und selbst dabei ums Leben gekommen war. Die Gemeinde hatte diesen Einsatz gewürdigt, indem sie den Großvater angemessen in eben diesem Mausoleum bestatten ließ und es der Familie für hundert Jahre zur Verfügung stellte. Später waren ihm Danas Vater, eine unverheiratete Tante und, als Letzte, die Mutter, gefolgt.

Danas Schritte verlangsamten sich. Das Mausoleum war in desolatem Zustand. Teile der blauen und grünen Glasscheiben, deren Leuchten sie als Kind so fasziniert hatte, lagen zwischen Unkraut auf den Stufen. Sie waren durch mehrere, nicht miteinander harmonierende Glassorten ersetzt worden. Der Sandstein hatte Risse, und als Dana langsam die ausgewaschene Treppe zur Tür hinunterging, wäre sie beinahe gestürzt, weil eine der

Stufen locker war. Wahrscheinlich war Marta mittlerweile zu alt und immobil, um regelmäßig zum Friedhof nach Stity zu kommen. Verständlich.

Dana steckte den Schlüssel ins Schloss, doch er ließ sich nicht drehen. Sie zog die Tür zu sich heran und etwas nach oben und probierte es noch einmal. Mit einem kalten Quietschen öffnete sich die Tür. Moderige Luft trat ihr entgegen, und sie blieb eine Weile vor der weit geöffneten Tür stehen, bevor sie eintrat. Drei Särge standen in den Nischen der linken Seite, und einer, der von Danas Mutter, rechts unten. Dana ertappte sich bei dem Gedanken, dass noch exakt zwei Plätze frei waren. Die Vorstellung war so absurd wie wahr und schwer zu verjagen. Der Boden war mit vertrockneten Blumen und leeren Behältnissen von Grabkerzen bedeckt. Mit dem Fuß schob sie vorsichtig alles zusammen. Die nun freiliegenden Bodenplatten waren der Feuchtigkeit zum Opfer gefallen, teilweise zerbrochen, oder hatten sich gelöst. Sie würde sich kümmern, die Ruhestätte ihrer Vorfahren wieder herrichten lassen. Langsam bewegte sie sich auf den Sarg ihrer Mutter zu, legte die Hand auf den staubigen Deckel und verharrte so, bis ihr kalt wurde und die Tränen aufhörten. Sie ging nach draußen, und als sie die Tür schloss, rieselte Staub vom Sturz auf ihr Haar.

Als sie nach Pardubice zurückfuhr, fühlte sie sich einsam und fehl am Platze in dem Land, das einmal ihre Heimat gewesen war. Sie war müde und wünschte sich die Gnade einer traumlosen Nacht.

Den nächsten Tag, Samstag vor der Kommunionsfeier, verbrachte sie in Pardubice mit Einkaufen und wunderte sich über das mittlerweile große Angebot in den Läden.

Sie kaufte sich ein paar neue Bergschuhe und einen Anorak für Malmö. Nur ein passendes Geschenk für Petr konnte sie nicht finden. Sie hatte kaum bis keinen Kontakt zu Kindern und folglich keine Ahnung, was bei Kids diesen Alters gut ankam. Sie kaufte eine Karte mit Umschlag und entschloss sich, dem Jungen Geld zu schenken. Nicht sehr einfallsreich, aber bestimmt willkommen.

Am Sonntag stand sie früh auf, duschte, wusch die Haare und schminkte sich sorgfältig. Sie freute sich erneut über das Bild, das der Spiegel bot, als sie sich vor ihm drehte.

Der Portier des kleinen Hotels, der sie bisher nur in Jeans und Lederjacke gesehen hatte, schien sie mit den Augen zu verschlingen. Sie war sicher, ihn »Katze« sagen zu hören, als sie nach draußen zum Wagen ging.

Sie fand die Adresse auf Anhieb und war froh, Marta allein anzutreffen. Die alt und dick gewordene Frau erkannte sie sofort.

»Ahoi, Dana«, flüsterte sie und konnte ihre Rührung kaum verbergen. Sie bat die junge Frau, einzutreten, umarmte sie lang und fest und bat sie ins Wohnzimmer. Dana erkannte einen alten Schrank, der einst das Wohnzimmer der Familie in Stity beherrscht hatte. Es gab viel zu erzählen und zu beichten, die Tatsache, dass Dana irgendwann einfach nicht mehr geschrieben hatte genauso wie die Vernachlässigung der Pflege des Mausoleums, die Marta in der Tat überfordert hatte. Marta litt an schwerem Diabetes, musste mittlerweile mehrmals täglich Insulin spritzen. Es gab keine Vorwürfe, nur leises Verstehen auf beiden Seiten.

»Milan wurde ins Krankenhaus gerufen, Ivana und Petr sind schon in der Kirche.« Marta hatte nicht bemerkt, wie Dana bei der Erwähnung der ersten beiden Namen zusammengezuckt war. Sie wusste nichts und Dana war froh, dass sie bei der Rechtfertigung ihres Fortgehens damals nie den wahren Grund erwähnt hatte. Marta musste sich noch umziehen, und Dana lud in der Zwischenzeit Kuchen, es mussten Dutzende gewesen sein, in den Skoda. Sie fuhren zur Kirche.

In den ersten Reihen saßen die Erstkommunionsempfänger, fein herausgeputzt und goldig bis unangemessen lebhaft.

Dana gab Marta ein Zeichen und setzte sich in eine der hinteren Bänke, die alte Frau setzte sich in die vordere Mitte neben eine große, dunkelhaarige Frau. Der Pfarrer und die Messdiener waren schon erschienen und walteten ihres Amtes, als Dana einen Luftzug von hinten spürte und hörte, wie die Kirchentür leise geschlossen wurde. Der Mann im schwarzen Anzug, der rasch an ihr vorüber ging, um weiter vorn Platz zu nehmen, war Milan.

Es waren keine Sprachschwierigkeiten, die Dana nichts von der Zeremonie mitbekommen ließen. Ihre Augen ruhten auf Milans Hinterkopf. Das Schwarz seiner Haare war mittlerweile von silbernen Strähnen durchzogen, und seine Haltung war sehr aufrecht. Er war, das hatte sie im kurzen Moment seines Vorbeieilens bemerkt, noch attraktiver als früher.

Also keine Chance, eine Figur vom Sockel zu stoßen.

Sie berührten sich, nach sechzehn Jahren erstmals, indem sie sich vor der Kirche die Hand schüttelten. Sie bewahrten Haltung, jeder der Anwesenden konnte lediglich sehen, wie groß die Freude zweier ehemaliger Nachbarskinder war, sich nach langer Zeit wiederzusehen. Nur in beider Augen war ein Leuchten zu sehen, das eindeutig über Nostalgie und Sympathie hinausging. Es erlosch auch nicht, als sich Ivana und Petr näherten. Ivana reichte Dana die Hand, und ihr Lächeln war nicht das einer Siegerin. Petr war neugierig und freute sich über den Umschlag, den ihm Dana zusteckte.

»Wenn da auch Geld drin ist, kann ich mir bald einen Computer kaufen!«, rief er und wurde sogleich von seiner Mutter ermahnt.

»Petr, so bedanke dich doch erst einmal!«

Dana und Milan lächelten.

»Danke ... Tante Dana?«

»Ja. Gern geschehen.«

»Ich glaube, wir bewegen uns langsam mal in Richtung Mittagessen«, schlug Milan vor und sah sich nach seiner Mutter, die sich unweit von ihnen mit anderen Großmüttern unterhielt, um.

Milan, Ivana und Petr fuhren vor, Dana und Marta folgten den dreien mit den Kuchen im Skoda.

»Wie hat es dir gefallen, gehst du auch regelmäßig zur Kirche?«

Dana zögerte.

»Es hat mir gut gefallen, aber zur Kirche gehe ich, ehrlich gesagt, normalerweise nicht so oft. Ich verbringe viel Zeit im Ausland, auf Baustellen.«

Marta hatte dafür wenig Verständnis.

»Ihr jungen Leute wisst einfach nicht, was wichtig ist.

Milan und Ivana sieht man sonst auch nicht in der Kirche. Kein Wunder, dass sie in Scheidung leben.«

Um Haaresbreite wäre Dana ihrem Vordermann hinten aufgefahren.

»Sie leben in Scheidung?«

Marta nickte leise.

»Ja. Ivana lebt bereits bei ihrem Freund in Prag. Die Scheidung wird, falls nicht noch ein Wunder geschieht, in zwei Monaten stattfinden. Für den Jungen versuchen sie, wenigstens Freunde zu bleiben.«

»Und wo lebt Petr?«

»Bei mir, jedenfalls so lange, bis das Schuljahr zu Ende ist. Anschließend soll er zu seiner Mutter nach Prag ziehen.«

Die alte Frau seufzte.

»Vielleicht ist das auch besser so. Milan hat nur ein kleines Zimmer im Krankenhaus und ist sowieso immer beschäftigt.«

Milan war also immer beschäftigt, und Dana war froh, als sie den Parkplatz des Gasthauses erreicht hatten.

Mindestens hundert Leute freuten sich auf Knödel, Sauerbraten und Mehlspeisen ohne Ende. Marta war damit beschäftigt, Kuchen aufzuschneiden, Ivana unterhielt sich mit einem Paar ihres Alters, Kinder zeigten sich gegenseitig ihre Geschenke und machten emsig Kassensturz. Milan hatte sich zu Petr hinuntergebeugt, um ihm etwas ins Ohr zu sagen. Dana hatte das Gefühl, dass er sie nicht aus den Augen ließ. Da sie sich nicht einfach zu fremden Menschen setzen wollte, ging sie hinaus auf den Parkplatz, um zu rauchen. Milan folgte ihr bald und zündete sich ebenfalls eine Zigarette an.

»Du rauchst, als Arzt?«

»Arzt zu sein schützt vor Dummheiten nicht«, antwortete er und sie wusste, dass sich seine Antwort nicht nur auf den Nikotinkonsum bezog. Schweigend rauchten sie weiter.

Man musste sie zum Essen rufen und sie saßen nebeneinander, beide vibrierend und gelähmt zugleich, bis er wieder ins Krankenhaus gerufen wurde. Sie schob ihm die Adresse ihres Hotels zu.

Dort trafen sie sich, als die Feier längst zu Ende war, Marta und Petr bereits in ihren Betten und Ivana schon wieder in Prag war.

»Warum hast du mich verraten?«, fragte sie ihn, unmittelbar nachdem er ihr Zimmer betreten hatte. Er sah sie lange an, wusste, dass sie die Wahrheit niemals glauben würde. Er riskierte es trotzdem.

»Ich habe dich nicht verraten. Ich habe dich geliebt wie eine Schwester, ich habe mir verboten, die Frau, die du wurdest, in dir zu sehen. Verraten habe ich, ohne es zu wollen, Ivana. Sie ist an meiner Unaufrichtigkeit beinahe zerbrochen. Ich bin froh, dass sie jetzt einen Mann gefunden hat, der sie verdient.«

Dana glaubte ihm nicht. Dieser Mann war zu schön für so viel Edelmut. Sicherlich hatte er im Krankenhaus einen ganzen Harem. Mit dem er beschäftigt war.

»Bist du verheiratet?«, riss er sie aus ihren Gedanken.

»Ja.«

»Er muss ein glücklicher Mann sein.«

»Nicht mit einem Mann, mit meinem Beruf.«

Sie sah Entsetzen einem ehrlich erleichterten Lächeln weichen, und es wurde eine Nacht des Lächelns. Sie lagen eng beieinander, erzählten und erklärten sich sechzehn verlorene Jahre und waren immer noch Bruder und Schwester, als er am Morgen zum Dienst musste. Alles andere hätten sie als Entweihung empfunden, als verfrühten Akt vor schäbiger Kulisse, und die Gespräche hatten sie tiefer berührt, als es jede Körperlichkeit vermocht hätte.

Sie verzichtete aufs Duschen und legte sich nach dem Frühstück wieder ins Bett, genau auf die Stelle, auf welcher er gelegen hatte. Um zehn klingelte ihr Handy, Milan teilte ihr mir, dass er für zwei Tage frei bekommen hatte. Eine Viertelstunde später war er bei ihr, seine Tasche ließ er im Auto.

Sie unternahmen eine Wanderung auf den Dürren Berg, aßen oben wohlig erschöpft zu Mittag, und ihre Zukunft nahm immer konkretere Züge an. Malmö stellte für beide kein Problem dar, eher eine Potenzierung der Vorfreude. Wenn sie zurück war, würde er ein freier Mann sein. Sie wollten zusammen leben, hier in Pardubice, allerdings nicht wie Bruder und Schwester. In der Nacht schliefen sie wieder zusammen, aber nicht miteinander.

Am nächsten Tag fuhren sie mit seinem Wagen nach Stity, denn er wollte ihre Abwesenheit nutzen, um die Renovierung des Mausoleums in die Wege zu leiten. Schweigend gingen sie über den Marktplatz, die Stätten der Kindheit schienen ihnen zuzulächeln. In der Apotheke löste er ein Rezept für seine Mutter ein. Anschließend fuhren sie zu den hohen Pappeln, die den Friedhof schon von weitem sichtbar machten.

Wieder ließ sich die Tür des Mausoleums nur mit gutem Zureden und Technik öffnen. Staub rieselte vom

Sturz auf ihre Haare. Sie zeigte Milan die gelösten und zerbrochenen Bodenplatten.

Am Sarg ihrer Mutter nahmen sie sich bei der Hand. Durch das Glas der Tür drang ein Lichtstrahl, der ihnen sagte, alles werde gut. Sie wollten das Auto stehen lassen und zurück in den Ort laufen, um in der »Schwarzen Katze« zu Mittag zu essen. Als sie den Friedhof verlassen hatten, bemerkte Dana, dass sie ihr Mobiltelefon im Mausoleum vergessen hatte.

»Warte hier, ich hole es!«, sagte Milan und streckte seine Hand nach dem Schlüssel aus. Dana wartete und genoss den Blick auf die Stadt, die in der Ferne glitzerte. Es gab keine Gespenster mehr.

Milan kam nicht zurück, und nach einer Weile entschloss sich Dana, nach ihm zu sehen. Wahrscheinlich bekam er die Tür des Mausoleums nicht auf. Sie hätte gleich mitgehen sollen.

Milan lag grotesk verrenkt auf den Stufen. Sie sah sofort, dass er tot war. Der Türsturz war heruntergebrochen und hatte ihn am Kopf getroffen. Dana unterdrückte einen Schrei. Sie wischte das Blut aus seinem Gesicht und küsste ihn. Als sie in der Nähe Stimmen hörte, zog sie seinen Körper in die Gruft hinein. Sie nahm den Autoschlüssel aus seiner Jacke und ging, einer Schlafwandlerin gleich, zum Auto, um seine Tasche zu holen. Als sie wieder zurückkam, schloss sie das Mausoleum von innen ab und legte sich neben Milan auf die Erde. Er war noch warm. Da ihre medizinischen Kenntnisse begrenzt waren, spritzte sie sich eine ganze Ampulle Insulin. Wie Bruder und Schwester lagen sie da, so eng umschlungen, dass ihre Wärme vereint entwich.

Sterben

Auf den letzten Metern
will ich alleine sein
und doch
dreh ich mich um
vergebens
ungeschriebene Worte
verhallen
die letzten Sekunden
kann ich nicht teilen
sie passieren
ich treibe im Echo
der Zeit

Lebensstrecke HD – Frankfurt/Main

Landschaft und Orte fliegen vorbei wie die Zeit, so könnte man meinen. Doch die kleinen und größeren Städte, die sich an die Bergstraße kuscheln, werden noch bestehen, wenn mein Name kein Gesicht mehr hat. Auch die Zeit, jenes weder konkret fassbare noch zu erklärende Phänomen, wird bleiben. Einzig und allein wir verflüchtigen uns. Oft bevor wir Spuren hinterlassen, die uns entsprechen, oder die der Nachwelt dienen könnten.

Noch bin ich allein im Abteil, was mir entgegenkommt. Ein bekanntes Gesicht aus Heidelberg oder Umgebung wäre in dieser Situation nicht wünschenswert.

Ich schließe die Augen, trotzdem verfolgen mich Bilder und Worte, die ich weder sehen noch hören will. Normalerweise bin ich ein ehrlicher Mensch, von Alltagsschwindeleien einmal abgesehen. Aber jetzt hintergehe ich die Menschen, die ich am meisten liebe. Doch was ich tun werde, geschieht in erster Linie für meinen kleinen Sohn. Und für meinen alten Vater.

Zwei Komplizen ziehen die Sache mit mir durch: Werner, der mich dazu überredet hat, und dessen Vorbereitungen schon vor Wochen begonnen haben. Und meine irische Freundin Sarah, die von Dublin aus für ein wasserdichtes Alibi sorgt.

Eine Minute vor elf. Weinheim. Eine junge Frau steigt zu, grüßt knapp. Schlank, überdurchschnittlich groß. Ihrem leichten, aber teuren Gepäck nach zu urteilen, ist sie beruflich unterwegs. PR-Fachfrau oder Maklerin. Sie könnte Sabrina oder Alexandra heißen. Wahrscheinlich ist sie kinderlos und teilt sich ein chices Appartement mit einem Arzt oder Ingenieur. Sie öffnet ihre Aktentasche und vertieft sich in Unterlagen.

Niemand ahnt, was sich in meiner Reisetasche befindet.

Der Zugbegleiter kontrolliert die Fahrkarten, die Schöne widmet sich danach wieder den Papieren auf ihrem Schoß. Ihre Schuhe wirken billig und stören das übrige Erscheinungsbild.

Nordbadische Orte fliegen an uns vorbei, auf einem Friedhof am Hang liegt das Grab einer großen Liebe. Ich hebe, kaum merklich, die Hand zum Gruß. Ein gemeinsames Leben, das nicht hatte sein sollen.

Wo werden sie mich begraben, wenn die Aktion schief läuft?

Wir haben noch zwei Familiengräber in Heppenheim,

in einem wäre sogar Platz für einen Sarg. Aber vielleicht werden sie mich auf dem Heidelberger Bergfriedhof beerdigen, damit sie mich regelmäßig besuchen können. Aber ich soll nicht, darf nicht daran denken, dass mir etwas passieren könnte.

»Wir werden das Kind schon schaukeln, vertrau mir einfach!«, hatte Werner beim letzten geheimen Treffen zu mir gesagt.

Werner. Ihn hatte ich vor rund zwanzig Jahren in Frankfurt kennen gelernt. Er gehört, wie Sarah, zu jener Sorte von Freunden, zu welchen augenblicklich wieder ein Draht besteht, auch wenn man sich lange Zeit nicht gesehen hat.

Heppenheim fliegt an uns vorbei. Hier also würde ich eventuell die nächsten fünfundzwanzig Jahre liegen, wenn …

In Heppenheim habe ich Abitur gemacht. Im Dom bin ich getauft worden. Zwei Sommer habe ich mit N. verbracht. Ich denke an Nächte im Freien, in den Weinbergen unter der Starkenburg.

Elf Uhr und neun Minuten. Bensheim. Die Schöne steigt aus. Ich hätte gewettet, dass sie bis nach Frankfurt fährt. Zwei männliche Jugendliche betreten das Abteil. Baseballkappen, überdimensionale Jeans und in den Händen Mobiltelefone. Sie setzen sich mir gegenüber und fachsimpeln über günstige Internetprovider. Mein Mobiltelefon habe ich heute früh außer Betrieb gesetzt. Papa kennt sich nicht damit aus und hat mir sofort geglaubt, dass es kaputt ist. Außerdem weiß er, dass ich den Urlaub bitter nötig habe und ihn gern telefon- und computerfrei gestalte. Aber ich werde schreiben. Schon vor Tagen habe ich Postkarten vom letzten Irlandurlaub vordatiert, mit den unterschiedlichsten Kugelschreibern und Texten beschrieben und in einem Umschlag nach Dublin geschickt. Sarah wird sie, wie ausgemacht, im Vier-Tage-Rhythmus an Mickey und Papa schicken. Der eine Junge schielt interessiert auf meine Reisetasche. Schweiß rinnt an meinem Rückgrat herunter. Scheinbar unbeteiligt sehe ich aus dem Fenster.

Der Zug nähert sich Darmstadt, es ist zehn Minuten vor halb zwölf. Hier habe ich nach dem Abitur einen Beruf erlernt, den ich nicht mehr ausübe. Und eine Affäre mit einem Banker gehabt, an dessen Gesicht ich mich nicht mehr erinnere. Darmstadt ist der neutralste Ort auf der Strecke Heidelberg-Frankfurt. Keine Niederlagen, keine Toten. Aber auch keine erwähnenswerten Erfolge.

Die Jugendlichen steigen aus. Entweder gehen sie sehr spät zur Berufsschule, oder in den nächsten Elektronikmarkt. Ein Rentner und eine Mutter mit Kind steigen zu. Der alte Mann vertieft sich in die meistgelesenste Tageszeitung Deutschlands, seine Hände zittern. Parkinson? Wahrscheinlich ist er Witwer, sein Hemd wirkt ungebügelt. Die Frau nimmt das kleine Mädchen auf den Schoß. Es hat schwarze Augen, die Mutter hingegen ist ein nordischer Typ. Wahrscheinlich eine MTA oder Operationsschwester, die einen Arzt aus dem Süden geheiratet hat. Eines Tages wird sie auf der Mathildenhöhe wohnen. Das Mädchen schaut mich an, ich lächle ihm zu.

Ich denke an Mickey, alles in mir verkrampft sich. Mit dem Fuß taste ich nach der Reisetasche, versuche, sie ein Stück weiter unter den Sitz zu schieben. Es wird Zeit, die Sonnenbrille aufzusetzen. Das Mädchen verliert das Interesse an mir, wahrscheinlich weil es meine Augen nicht mehr sehen kann. Ich rechne aus, wie viel Lebenszeit ich früher auf der Strecke Heidelberg-Frankfurt verbracht habe. Ausbildung, Studium, private Besuche. Tausende von Stunden. Glückliche, ängstliche und verzweifelte, nur wenige neutrale. Schon damals verpasste ich jedem Mitreisenden einen gedanklichen Rahmen, eine Biografie.

Der Zug fährt an Langen vorbei. Mutter und Kind verlassen das Abteil, ich weiß nicht warum. Der alte Mann sieht kurz aus dem Fenster, liest weiter. Grau wirkt er, illusionslos wie seine Kleidung. Wahrscheinlich rechnet er nach, ob er den steigenden Lebenshaltungskosten in Zukunft noch gewachsen sein wird. Seine Hände bezeugen ein arbeitsreiches Leben, seine Augen haben schon gesehen, dass die Ernte schlecht ist. Wir gleiten an Neu-Isenburg vorbei, bald wird der Zug den Main überqueren. Die Metropole wartet. Mickey wird mich schon vermissen. Vielleicht hängt er so sehr an mir, weil er keinen sozialen Vater hat. Und sein geliebter Opa ist alt und krank. Das Herz. Der Rentner faltet sorgsam die Zeitung und verlässt das Abteil, lange bevor der Zug in den Bahnhof einfährt. Ein Verhalten, dass ich über Jahre bei manchen älteren Menschen beobachtet habe. Die Angst, zu spät zu kommen.

Es könnte auch für mich bereits zu spät sein. Himmel, ich bin erst Anfang vierzig!

Als eine der Ersten verlasse ich den Zug. Das Getümmel auf dem Bahnsteig befreit mich kurzfristig von meinen

Gedanken. Die Reisetasche ist nicht besonders schwer. Menschen laufen kreuz und quer, Lautsprecheransagen verweben sich mit Gesprächsfetzen. Es riecht nach Pizza und frischem Gebäck. Viertel vor zwölf. Meine Familie denkt mich auf dem Weg zum Flughafen. Doch ich fliege nicht nach Dublin zu Sarah, sondern fahre auf der Rolltreppe nach unten, in die B-Ebene des Hauptbahnhofes. Plakate werben für Bands, deren Musik und Namen ich nicht kenne. Ich habe Durst, trinke aber nichts. Beim Friseur lasse ich mir die Haare abschneiden. Die Sonnenbrille setze ich nicht ab, schließlich ist es besser, wenn mich niemand hier erkennt. Auch keine Nachbarin auf eventueller Frankfurt-Tour. Halb eins. Um drei Uhr erwartet mich Werner. Ich verspüre den Drang, mich in den nächsten Zug nach Heidelberg zu setzen. Mich einfach zu weigern. Alles würde so weitergehen wie bisher. Ich könnte mein Leben im Kreise meiner kleinen Familie fortführen. Ich schwitze schon wieder und habe das Gefühl, zu ersticken. Ich öffne den obersten Blusenknopf und gehe nach draußen. Metropolitischer Verkehrslärm dringt an mein Ohr. Ich habe Angst.

Scheiß-Angst. Ich muss zu Werner. Wenn nicht sofort, renne ich davon und lasse den Deal, meine »große Chance«, platzen. Ich nehme ein Taxi. Der Fahrer ist wahrscheinlich Inder und sehr höflich. Er will meine Reisetasche nehmen, ich lasse sie aber nicht los. Für den Bruchteil einer Sekunde stutzt er, fängt sich aber sofort wieder und geht zur Tagesordnung über.

Ich nenne ihm die Adresse und suche nach Enttäuschung in seinem Blick, denn der Weg ist nicht weit.

Doch er sagt nur »OK!« und fährt los.

Werner ist nicht sauer, dass ich früher als vereinbart komme. Er zeigt mir ein Zimmer mit Bad, welches für die nächsten Tage das meine sein soll. Ich packe die Reistetasche aus.

Das in Seidenpapier gehüllte Bündel verstecke ich im Schrank hinter dem Bademantel. Obwohl ich am Morgen geduscht habe, kann ich meinen Schweiß riechen. Angstschweiß. Ich dusche noch mal. Später kommt Werner, instruiert und erklärt. Er gibt mir Tabletten. Solche, die nicht nur Angst, sondern auch den Willen nehmen. Ich verbringe einige Tage in einer Art Warteschleife, alles ist wie durch Watte, unwirklich. Sie geben mir nur wenig zu essen.

Eines Abends kommt Werner in mein Zimmer. Er ist zufrieden mit meinen Werten, die Lipidsenker, die ich schon seit einiger Zeit einnehme, haben gewirkt. Ich bekomme wieder Tabletten, alles ist mir egal. Ich liefere mich Werner aus, er muss nun allein Regie führen. Mickey und Papa sind Gespenster aus einer anderen Zeit, auch im Schlaf.

Ich erwache, mein Mund ist trocken, doch sie geben mir nichts zu trinken. Nur einen klitzekleinen Schluck, gerade ausreichend, um die Tablette einnehmen zu können. Sie ziehen mich aus und fahren mich in den Keller. Eine Spritze. Der Einstich tut gar nicht weh, nur die Haut brennt ein bisschen. Landschaften fliegen wie die Zeit, und ich fliege mit ihr. Über Städte und Hügel, da ist sein Grab. Aber N. ist nicht tot, er steht davor und reicht mir die Hand. Ich freue mich, habe aber keine Zeit für ihn, denn ich muss fliegen. Zu Müttern, Kindern und Alten. Alle haben Tabletten für mich. Werner steht auf einer Mauer und ruft mir etwas zu, doch ich verstehe den Sinn seiner Worte nicht. Ich muss weiter, fliegen ohne Spuren zu hinterlassen, nichts kann mich aufhalten. Mein Vater hält Postkarten in der Hand und weint. Mickey versucht, mein Handy zu reparieren. Werner ruft und ruft. Ich höre meinen Namen, kann aber nicht antworten. Zeit verfliegt und wir verfliegen. Werner ruft immer lauter. Ich öffne die Augen und sehe das Gesicht des Freundes.

»Hallo, du hast alles gut überstanden. Das war die problemloseste Bypassoperation seit langer Zeit!«

Ich schließe die Augen, kann nicht glauben, was ich höre. Fange wieder an zu fliegen, weiß aber, dass ich im Bett einer Frankfurter Klinik liege. Nach drei Tagen kehre ich richtig in die Wirklichkeit zurück. Meine Brust schmerzt, ich will weder lachen noch husten müssen. Die Narbe ist groß und hässlich. Aber ich habe keine andere Wahl gehabt, musste das Risiko auf mich nehmen. Wenn ich mich gedrückt hätte, dann wären meine Gefäße bald zu hundert Prozent dicht gewesen. Und Mickey hätte nur noch seinen alten Großvater gehabt.

Stimmen auf dem Flur, die Tür wird geöffnet. Meine Familie betritt leise das Zimmer. Nicht nur Papa und Mickey, sondern auch Werner und Sarah. Meine Komplizen haben nur zum Schein mitgespielt im Lügenspiel, das ich inszenieren wollte, um Papa und Mickey die nervliche Belastung zu ersparen.

Auch Sarahs Bruder David ist gekommen. Ich bitte Papa, das in Seidenpapier gehüllte Päckchen aus dem Schrank zu nehmen. Es enthält Spielsachen von Mickey, die ich als Talisman mitgenommen habe. Einen Plüschhasen und ein Feuerwehrauto. Mickey wirkt etwas befangen, David nimmt ihn auf den Arm. Ob sie spüren, dass sie Vater und Sohn sind? Sie wissen es. Das verrät mir Sarahs Blick.

Hyoscyamus Niger (Schwarzes Bilsenkraut)

Er war nicht nur Bischof, sondern auch Rechtsgelehrter und Stadterneuerer. Unter Burchard I., Bischof von Worms seit dem Jahre 1000 n. Chr., sollte die Stadt ein neues Gesicht, und das Volk somit Arbeit und sicheres Brot bekommen.

Zwei Kirchen wurden nahezu zeitgleich errichtet:

Der mächtige Burcharddom und die kleinere Pauluskirche.

Im Jahre 1002 wurde die Stammburg des nachmaligen salischen Kaiserhauses abgerissen, um an ihrer Stelle die Pauluskirche zu erbauen. Noch lagen Trümmer und Schutt, und schon wurde emsig neues Baumaterial angeliefert. Buchenholz für die Zimmerleute, Steine für die Steinmetzen und Berge von Sand und gebranntem Kalk, zur Herstellung von Mörtel gedacht.

Vielleicht hätte ein Prophet aus dem Angesicht des Bauplatzes seine Schlüsse ziehen können. Altes lag neben Neuem, Kirchliches neben Weltlichem. Bei Baubeginn herrschte an diesem Ort ein ähnliches Chaos, wie es später zwischen Kirche und Staat herrschen sollte, und dessen Auflösung erst sehr viel später, nämlich im Jahre 1122, ebenfalls in Worms, verkündet werden würde.

Für das Schwarze Bilsenkraut war die schuttplatzähnliche Szenerie der ideale Nährboden. Es wuchs und gedieh schneller, als man sich umsehen konnte. Allerdings sah sich niemand danach um. Niemand, außer einer Frau, die im Schutze der Dämmerung, wenn sich nur noch die Ratten auf dem Bauplatz tummelten, das Kraut erntete, in einen Leinenbeutel steckte und so unauffällig wieder verschwand, wie sie erschienen war.

Unauffälligkeit war die Lebens- und Überlebensstrategie dieser Frau, die Agnes hieß.

Agnes war im Winter des Jahres 980 zur Welt gekommen, und es hätte, mit etwas mehr Glück, eine erträgliche Welt für sie werden können. Ihr Vater hatte zu dieser Zeit in einer Gerberei gearbeitet und ihrer Mutter war es möglich gewesen, als Hebamme das ein oder andere Stück Speck, manchmal sogar ein paar Denarien, zusätzlich zu verdienen. Agnes war ein auffallend hübsches Kind gewesen. Wache graue Augen in einem schmalen, gut geschnittenen Gesicht, umrahmt von seidig glattem Haar in Kastanienfarbe. Sie wäre später eines Fürsten würdig gewesen. Ihre Mutter hatte sie abgöttisch geliebt. Der eher brummige Vater ebenso, allerdings hatte er seine Gefühle nicht so offen zeigen können wie seine Frau.

Agnes kleine, unbeschwerte Welt war in dem Moment aus dem Gleichgewicht geraten, als ihre Mutter nach zwölf Jahren noch einmal schwanger geworden war. Sie musste damals schon fast vierzig Jahre alt gewesen sein. Weder Mutter noch Kind hatten eine Chance gehabt, die schwere Geburt zu überleben. Agnes hatte unsagbar gelitten und der Schmerz ob dieses Verlusts sollte sie ein Leben lang begleiten, wie ein Schatten.

Eine kleine hölzerne Puppe, mit liebevoll aus Woll- und Stofffetzen hergestellten Kleidern und kastanien- braunen Haaren, stellte das einzige Andenken an die geliebte Mutter dar, das Agnes geblieben war. Sie ver- brachte keine Minute mehr ohne das Spielzeug.

Der Vater war nach dem Tod seiner Frau der Melan- cholie und dem Bier verfallen und hatte bald darauf seine Arbeit verloren. Das unter der Feuerstelle versteckte Säckchen, das die von der Mutter gesparten Silbermün- zen enthalten hatte, war bald leer gewesen und ein noch bitterer Lebensabschnitt hatte für Agnes begonnen.

Eines Tages, als der Vater wieder betrunken und laut schnarchend auf seinem Lager aus Torf und frischem Stroh gelegen hatte, war Agnes aus der Hütte geschlichen und hatte sich, ihre Puppe im Arm, unter eine Weide in den nahe gelegenen Rheinauen gesetzt, um nachzuden- ken. Sie würde arbeiten müssen, um die Hütte behalten zu können und sich und ihren Vater über den nächs- ten Winter zu bringen. Vielleicht als Dienstmagd bei einem Wormser Bäcker, Schmied oder Schlachter. Voller Freude über ihren Entschluss hatte sie die Puppe an ihr Gesicht gedrückt und abgeküsst.

Plötzlich, wie aus dem Nichts, waren sie da gewesen. Sechs oder sieben Burschen und Mädchen, nur unwe- sentlich älter als sie selbst. Hatten sich im Halbkreis um sie aufgestellt. Agnes hatte die Gefahr, die von dieser Gruppe eindeutig ausgegangen war, regelrecht gero- chen. Sie hatte gezittert, ihre Puppe noch fester an sich gedrückt und sich ganz klein gemacht. Vergebens. Sie waren noch näher an sie herangetreten.

»Gib die Puppe her!«

Agnes hatte kaum merklich den Kopf geschüttelt. Ein rothaariger Junge war noch näher gekommen.

»Gib die Puppe her, du verfluchtes Weibsbild, oder ich schlage dich zu Brei.«

Die anderen hatten sich ruhig, aber lauernd verhalten. Der Rothaarige hatte Agnes, die mittlerweile aufgestanden war, die Puppe entrissen, diese einem blonden Mädchen aus der Gruppe zugeworfen und Agnes in die Magengrube geschlagen.

Der Schmerz war so heftig gewesen, dass sie einen Moment lang geglaubt hatte, ohnmächtig zu werden. Als sie halbwegs wieder zu sich gekommen war, sah sie aus den Augenwinkeln, dass die Gruppe sich etwas zurückgezogen hatte.

Das blonde Mädchen hatte sich noch einmal in ihre Richtung umgedreht, triumphierend die Puppe schwenkend. Zu allem Überfluss hatte sie auch noch einen Stein aufgehoben und nach Agnes geworfen. Der Stein hatte Agnes rechtes Auge getroffen und sein Licht für immer ausgelöscht. Das Mädchen musste gesehen haben, was es angerichtet hatte und war erschrocken davongelaufen. Unter höllischen Schmerzen, ihre Schürze auf das Auge pressend, war Agnes nach Hause gerannt, in die kleine, aber sichere Hütte vor der Stadtmauer von Worms.

Ihr Vater war mit einem Schlag nüchtern gewesen. Geld für einen Bader oder sonstigen Heilkundigen hatte den beiden nicht zur Verfügung gestanden. Sie hatten lediglich ein Fläschchen mit starkem Wein, in welchem ihre Mutter Kräuterkrümel suspendiert hatte, besessen. Stofflappen, mit dieser Suspension getränkt, waren das einzig verfügbare Linderungsmittel gewesen.

Der körperliche Schmerz hatte irgendwann nachgelassen, der seelische ein unvorstellbares Ausmaß angenommen. Agnes war, wo sie gestanden oder gegangen war, bespuckt, verhöhnt und ausgelacht worden. Oft hatte sie daran gedacht, ihrem Leben ein Ende zu setzen. Der Rhein war so nahe gelegen und sie hatte niemals schwimmen gelernt. Doch irgendetwas, vielleicht die Verantwortung gegenüber ihrem Vater, hatte sie durchhalten lassen.

Mittlerweile trug sie ihr Haar so, dass es das tote, rechte Auge wenigstens teilweise verdeckte. Ihr Vater hatte das Trinken in jener Stunde, als sie verletzt und entstellt nach Hause gekommen war, aufgegeben. Ab und zu hatte er in den letzten Jahren Arbeit gefunden und das Geld gut angelegt.

Sie besaßen bald schon einige Hühner und zwei Ziegen.

Eier, Milch und Käse durften sie auf dem Markt in Worms verkaufen. Agnes züchtete in dem winzigen Garten Melisse und Schafgarbe, die sie nach dem Trocknen und Entfernen der unwirksamen Teile zerschnitt oder zerrieb, und anschließend ebenfalls auf dem Markt verkaufte. Das Wissen ihrer Mutter um die Heilpflanzen hatte sich in ihrem Bewusstsein festgesetzt und half ihr im Kampf ums Überleben.

Wenn Agnes auf dem Markt verkaufte, trug sie eine graue Haube, tief ins Gesicht gezogen. Viele Menschen in Worms kannten Agnes, wussten um ihre Entstellung, aber akzeptierten sie wegen ihres freundlichen Wesens. Manchmal allerdings, wenn Haar und Haube unglücklich verrutschten, sah Agnes das verständliche Entsetzen in den Gesichtern der Menschen. Nur einmal hatte sie sich selbst gesehen. Kurz nach dem Verlust des Auges. In einer Pfütze vor ihrer Hütte, als es absolut windstill gewesen war. Sie hatte sich die Hand vor den Mund gepresst und sich anschließend übergeben. Das rechte Auge schien scharf nach rechts zu starren und war mit einer milchigen Haut überzogen, wie bei einer Toten. Agnes wusste seitdem, dass niemals ein Mann sie berühren würde, und dass es für sie weder Liebe, Ehe noch Familie geben würde.

Sie investierte ihre gesamte Kraft in den Wunsch, Geld zu erarbeiten und zu sparen, um später auf ein bescheidenes Maß an Unabhängigkeit hoffen zu dürfen. Es war unsicher, was mit der Hütte geschehen würde, wenn ihr Vater eines Tages nicht mehr am Leben wäre. Frauen hatten kein Recht auf Grundbesitz und Agnes keine Aussichten auf einen Ehemann.

So arbeiteten Agnes und ihr Vater sehr hart. Sie erweiterten die Hütte um einen Viehpferch, damit die Tiere auch im Winter gut untergebracht waren. Agnes backte Brot, fütterte die Tiere, züchtete, sammelte und verarbeitete Heilpflanzen.

Bald hatte sie sich einen guten Ruf als Kräuterfrau erworben, und sie verdiente an den getrockneten Pflanzen mehr als an den Eiern und der Milch. Das kleine Münzensäckchen, das sie, wie ihre Mutter, unter der Feuerstelle versteckt hielt, wuchs stetig.

Durch den Bau der beiden Kirchen waren viele Menschen in Worms, die Agnes noch nie zu Gesicht bekommen hatte. Einfache Arbeiter ebenso wie spezialisierte Handwerker, denen das Geld recht locker in den Taschen saß. Agnes war jedes Mal froh, wenn der Markt vorüber war und sie niemand auf ihr Aussehen hin angesprochen oder angepöbelt hatte. Am liebsten verbrachte sie die Zeit beim Kräuter sammeln. Wenn sie alleine in den Auen spazierte oder in den Wäldern suchte, fühlte sie sich ihrer Mutter so unendlich nah.

So wie die beiden Gotteshäuser, wuchs auch die Geburtenrate in Worms. Die Anwesenheit der vielen fremden Arbeiter, die immer etwas Geld in den Taschen hatten, machte die Töchter der Stadt offenherzig und leichtsinnig. Das Schwarze Bilsenkraut, das in der Lage war, die schlimmsten Wehen durch einen gnädigen, der Trunkenheit ähnlichen Rauschzustand abzumildern, verkaufte sich gut. Agnes kam der Nachfrage mit Ernten, Trocknen und Zerreiben kaum nach.

Eines Abends, als sie wieder in grauem Gewand und mit grauer Haube bekleidet, Bilsenkraut erntete, kam ein Mann auf den Bauplatz der Pauluskirche. Agnes, wie meistens tief in Gedanken versunken, bemerkte ihn erst, als es zum Weglaufen schon zu spät war. Hastig zog sie ihre Haube noch etwas tiefer ins Gesicht und wartete mit gesenktem Kopf. Der Mann kam näher.

»Wer bist du und was hast du hier zu suchen?«, sprach er sie mit fester, aber nicht unfreundlicher Stimme an. Agnes starrte weiterhin zu Boden. Langsam, mit leiser Stimme antwortete sie.

»Mein Name ist Agnes. Ich suche nach Schwarzem Bilsenkraut.« Der Mann kam noch näher.

»Schwarzes Bilsenkraut?«

»Ja.«

Agnes wagte endlich, den Kopf zu heben und den

Mann anzusehen. Er war sehr schön. Hatte schwarzes Haar und grüne Augen. Seine Kleidung verriet, dass er wohlhabend war. Sie errötete, als ihr bewusst wurde, dass sie ihn zu lange und zu eindringlich angestarrt hatte. Er schien es ihr nicht übel zu nehmen.

»Was machst du mit diesem seltsamen Kraut?«

»Ich trockne es, zerreibe es und verkaufe es anschließend auf dem Markt.«

»Was kann man mit diesem getrockneten Zeug schon anfangen?«

Agnes war beinahe amüsiert ob der offensichtlichen Unwissenheit des Fremden.

»Es hilft bei starken Schmerzen, Geburtsschmerzen zum Beispiel.«

Verstehen machte sich auf den schönen Zügen des jungen Mannes breit. Er lächelte.

»Jetzt verstehe ich. Du bist eine Art Kräuterfrau!«

»Genau.« Jetzt lächelte auch Agnes. Sie fürchtete sich nicht mehr, vom Bauplatz gejagt zu werden und einen der besten Vorratsplätze Schwarzen Bilsenkrautes zu verlieren.

Ein unbekannter Schauer durchströmte sie, als er seine Hand ausstreckte und ihr Gesicht berührte. Langsam schob er die graue Haube nach oben. Sie sah Entsetzen, aber auch ehrliches Mitleid in seinem Gesicht, als er ihr Auge bemerkte. Er zog die Hand nicht zurück. Ließ sie sanft an ihrer rechten Schläfe bis zur Wange heruntergleiten. Eine derart zärtliche Geste hatte sie seit ihrer frühen Kindheit nicht mehr erfahren.

»Was hat man dir angetan?«

»Einen Stein nach mir geworfen. Vor vielen Jahren.«

Sie sah Tränen in seinen Augen. Und sie hatte den Wunsch, diesen Augenblick festzuhalten. So würde sie gern den Rest ihres Lebens verbringen. Auf dem Bauplatz, mit der kühlen, tröstenden Hand dieses jungen Mannes auf ihrem Gesicht. Der Wunschtraum endete, als er seine Hand von ihrer Wange fortnahm und dafür ihre beiden Hände packte.

»Du bist trotzdem sehr schön. Und klug und tapfer noch dazu. Ich möchte dir helfen.« Agnes traute ihren Ohren nicht.

»Ihr wollt mir helfen? Warum wollt Ihr das?«

»Ich weiß nicht, warum. Es ist eben so.«

»Wer seid Ihr?«

»Ich heiße Thomas und bin Steinmetz auf diesem Bauplatz. Ich habe eine Frau, und bald auch ein Kind.«

»Wohnt Ihr in Worms?«

»Ja, seit zwei Jahren.«

Er wohnte in der Nähe der westlichen Stadtmauer. Seiner Frau, die im achten Monat schwanger war, ging es nicht gut. Ihre Beine waren schon sehr geschwollen, und sie klagte über ständige Übelkeit. Agnes kannte diese Symptome. Hatte sie schon bei vielen Frauen gesehen und mit der richtigen Kräutermischung, innerlich und äußerlich angewandt, mildern können. Sie erzählte dem jungen Steinmetzen davon, und er war sehr interessiert. Sie verabredeten, sich am nächsten Abend zur gleichen Zeit am gleichen Ort zu treffen.

In dieser Nacht schlief Agnes unruhig. Und wenn sie schlief, dann träumte sie. Von einem jungen Mann mit grünen Augen und kühlen Händen. Am Morgen stand sie früh auf, fütterte die Tiere und begann anschließend, die Spezialkräutermischung für die Frau des Steinmetzen zu bereiten. Eifersüchtig war sie nicht. Vielleicht ein bisschen wehmütig. Wie schön musste es sein, mit einem solchen Mann verheiratet zu sein. Der Tag schien ewig zu dauern. Die Sonne dachte einfach nicht ans Untergehen. Ihre Strahlen begleiteten Agnes noch, als sich diese, mit einem Beutel bepackt und ihre graue Haube tief ins Gesicht gezogen, auf den Weg zum Bauplatz machte.

Thomas war auch schon da. Er begrüßte sie, holte ein kleines Leinenpäckchen aus seinem Ranzen und überreichte es Agnes. Diese streckte nur zögernd ihre Hand danach aus.

»Für dich. Ich hoffe, es gefällt dir.«

Agnes wickelte vorsichtig die Leinenlagen auseinander.

Sie erkannte sofort, was es war. Eine Augenklappe, aus feinstem bordeauxroten Samt, mit ledernen Schnüren. Sie nahm ihre Haube ab und schaute Thomas ins Gesicht. Sah sein Zweifeln, seine Angst. Angst davor, dass sie vielleicht gekränkt sein könnte ob dieses Geschenkes. Aber Agnes war nicht gekränkt. Sie lächelte.

»Das ist wunderschön. Danke.«

Er half ihr, als sie die Klappe über ihr totes Auge legte.

Seine Finger berührten kurz ihr Haar und ihren Hals, als er die Lederriemchen verschnürte. Agnes zitterte und hoffte, dass er es nicht bemerken würde. Sie reichte ihm den Beutel, den sie mitgebracht hatte.

»Kräuter. Für Eure Frau.«

»Dann komm mit. Ich möchte, dass du sie kennen lernst.«

»Wirklich? Möchtet Ihr das?«

»Ja. Ich bitte dich darum.«

Agnes hob entschlossen den Kopf, schleuderte die graue Haube, die sie seit einigen Minuten in ihrer Hand zerknüllte, auf den Bauplatz und ging mit Thomas. Eigentlich ging sie nicht. Jedenfalls nicht so, wie sie es in den letzten Jahren getan hatte. Sie schritt und schien gleichzeitig zu schweben. Egal, auch wenn sie jemand sehen würde. Sie hatte keine Angst mehr.

Denn sie besaß eine schöne Augenklappe, und sie ging neben Thomas. Unterwegs schwiegen sie. Jedes Wort hätte die Vertrautheit zwischen ihnen, die fast greifbar war, zerstört. Manchmal berührten sich ihre Schultern. Agnes genoss es.

Seine Hütte war wesentlich größer als die von Agnes und ihrem Vater. Als er Agnes hineinführte und seiner Frau vorstellte, nickte diese nur geistesabwesend. Sie reagierte auch nicht auf die Augenklappe. Er hat ihr von meinem Auge erzählt, dachte Agnes und spürte einen leichten Schmerz in der Gegend ihres Herzens. Die Frau machte einen seltsamen Eindruck.

Nach der kurzen, desinteressierten Begrüßung zog sie sich auf ihr Lager, eine große Matratze mit vielen Woll- und Leinendecken, zurück. Sie musste etwas älter sein als Agnes und war sicherlich einmal ein hübsches Mädchen gewesen. Ihr Körper war mittlerweile aufgedunsen, und das blonde Haar wirkte schmutzig und strähnig. Agnes erkannte sofort, dass das Aussehen der Frau nicht allein auf die Schwangerschaft zurückzuführen war. Trägheit und ein Zuviel an nahrhaftem Essen waren ebenso die Ursachen.

»Gisla, willst du Agnes bitte deine Waden zeigen?«, wandte sich Thomas, der noch immer hinter Agnes stand, mit sanfter Stimme an seine Frau.

Gisla nickte träge, und Agnes näherte sich, nach einem auffordernden Nicken von Thomas, dem Lager. Vorsichtig schob sie die Leinendecken zur Seite. Und erstarrte.

Nicht wegen der teigigen, aufgedunsenen Beine der Frau, sondern weil eine hölzerne Puppe auf der Matratze lag. Mit Stofffetzen bekleidet und mit kastanienbraunem Haar. Agnes spürte ihr Herz bis in der Kehle klopfen. Spürte, wie ihr Mund trocken wurde. Sie musste sich abwenden.

»Sieht schlimm aus, nicht wahr?«

Agnes Blick traf den von Thomas. Er deutete ihr Entsetzen als echte Anteilnahme.

»Es ist schrecklich. Ich fürchte, ich kann ihr nicht helfen.«

Gisla drehte sich leise murrend zur Seite.

Thomas nahm Agnes bei der Schulter und führte sie hinaus.

»Ich habe Angst, Agnes. Angst davor, dass etwas passiert. Mit dem Kind.«

Agnes erschrak. Vor sich selbst und vor der Betonung, die er auf den letzten Satz gelegt hatte.

»Sie soll ihre Beine in kühlem Wasser baden. Und hoch lagern, so oft es geht.«

»Kühles Wasser und hoch lagern«, erwiderte Thomas flüsternd.

»Ich muss jetzt gehen.«

Thomas versuchte, sie zurückzuhalten, doch Agnes entglitt ihm mit einer heftigen, fast trotzigen Bewegung.

Sie drehte sich nicht mehr um und sah folglich auch nicht die Tränen in seinen Augen.

Es war schon dunkel, als sie nach Hause kam.

»Wo bist du gewesen, Agnes?«

Agnes hatte keine Lust, ihrem Vater Rechenschaft abzulegen.

»Nirgends«, keifte sie den alten Mann an. Sie sah sein Gesicht im Schein des Talglichts, die Haut, die wie Leder aussah und sein schütteres, schlohweißes Haar. Sofort tat es ihr Leid, dass sie einen so schnippischen Ton angeschlagen hatte. Schließlich war ihr Vater der einzige Mensch auf dieser Welt, der sie liebte. So, wie sie war. Sie setzte sich neben sein Torflager, das mit Stroh bestreut war und streichelte die Wange des alten Mannes. Er sah ihre Augenklappe und berührte sie kurz mit seinem krummen, dürren Finger. Er fragte nicht mehr. Agnes küsste ihn auf die Stirn und blies das Talglicht aus. Sie legte sich auf ihr eigenes Lager und weinte. Lautlos. Sie begehrte den Ehemann der Frau, die ihr alle Aussichten im Leben genommen hatte.

Agnes Welt lag endgültig in Trümmern. Die samtene Augenklappe hatte sie abgelegt und unter der Feuerstelle versteckt. Ursprünglich hatte Agnes das Geschenk verbrennen wollen, es dann allerdings nicht übers Herz gebracht. Thomas, dachte sie. Thomas, Thomas, Thomas.

Sie trug nun nicht einmal mehr eine Haube. Möglicher Hohn und Spott konnten ihr nichts mehr anhaben. Eigentlich lebte sie nicht mehr. Existierte mechanisch, wie eine Marionette. Das Einzige, was sie spürte, war der Schmerz. In der Nacht, wenn sie allein auf ihrem Lager lag und Thomas' Bild nicht zu verjagen vermochte. Sie kümmerte sich nicht um die Blicke und das Getuschel der Menschen, sprach sogar mit ihrem Vater nur noch das Notwendigste.

Eines Nachts, als der Schlaf gnädig gewesen war und sie nicht gemieden hatte, klopfte es an der Tür. Immer heftiger.

Agnes stand auf und öffnete. Draußen stand, vom Regen durchnässt, Thomas.

»Komm bitte mit mir, meiner Frau geht es nicht gut. Ich glaube, das Kind wird noch heute Nacht zur Welt kommen.«

Sie musterte ihn kurz, versuchte, ihre Erregung zu verbergen.

»Wartet hier. Ich hole nur rasch meinen Umhang. Und ein paar Kräuter.«

Mit einem Ruck stieß sie die Tür zu und ließ den völlig verängstigten Mann draußen im Regen stehen. Sie nahm einen Leinenbeutel, packte einen Steinmörser und getrocknetes Schwarzes Bilsenkraut hinein. Diese Utensilien verbarg sie unter ihrem Umhang und verließ leise die Hütte.

Gemeinsam rannten sie durch die regnerische Nacht, bis zur westlichen Stadtmauer, an welcher die stattliche Hütte lag.

Gisla lag eindeutig in den Wehen. Lautes Stöhnen und Schmerzensschreie waren bis auf die Gasse zu hören.

Sie verloren keine Zeit. Warfen ihre nassen Umhänge auf den groben Holztisch und näherten sich Gislas Lager.

Ihre Stirn war schweißnass, ebenso ihr leinenes Nachtgewand. Die Augen drohten, aus den Höhlen zu springen.

»Habt Ihr starken Rotwein?«

»Ja. Ich hole welchen.«

Agnes packte das Bilsenkraut und den Mörser aus. Ging zurück zu dem groben Holztisch, auf dem sich schon eine Wasserpfütze, von den triefend nassen Umhängen, gebildet hatte. Agnes zerstieß das getrocknete Kraut und ein übelkeitserregender Geruch erfüllte die Hütte. Thomas kam mit einer Karaffe und einem Holzbecher. Er füllte den Becher mit dem dunkelroten Wein. Agnes fügte eine Prise des zerstoßenen Pflanzenpulvers hinzu.

»Nimm doch mehr. Ihr geht es doch so schlecht.«

»Das darf ich nicht. Zu viel wäre tödlich.«

Thomas sah sie fragend an, so, als würde er nicht verstehen.

Agnes ignorierte ihn, ging hinüber zu Gisla und flößte ihr den angereicherten Wein ein. Hielt ihre Hand, tupfte ihre Stirn ab und nahm sie in den Arm, als die Schmerzensschreie noch lauter wurden und der kleine Junge endlich zur Welt kam.

Er tat es, während Agnes den Jungen wusch und in ein warmes Tuch hüllte. Er füllte den Becher noch einmal randvoll mit Wein und streute den gesamten, noch im Mörser verbliebenen Rest des Schwarzen Bilsenkrautes hinein.

Agnes sah, wie er seiner Frau das tödliche Getränk einflößte.

»Sie ist die Mutter Eures Sohnes, Thomas, was tut Ihr!«

»Gerechtigkeit üben.«

»Thomas! Sie wird sterben!«.

»Sie hat dein Leben zerstört, und dafür wird sie zur Hölle fahren.«

Agnes sah den geradezu irren Blick seiner Augen. Gisla musste ihm von dem Steinwurf erzählt haben. Agnes konnte sich fast nicht mehr auf den Beinen halten. Alles, die gesamte Hütte, der Holztisch und die sterbende Gisla auf ihrem Lager, schienen sich um sie herum zu drehen. Sie legte das Kind vorsichtig ab, schnappte ihren Umhang und rannte, wie ein verfolgtes Tier, nach Hause.

Es war ein großer Tag für Worms, seinen Bischof Burchard I. und für alle Bürger, als der Burcharddom im Jahre 1018 geweiht wurde. Niemand wollte diesen Tag versäumen. Junge und Alte, Arme und Wohlhabende waren auf den Beinen. Sogar Gebrechliche hatten sich auf dem Platz vor dem Dom versammelt. Hohe kirchliche und weltliche Würdenträger waren auf edlen Rössern und mit großem Gefolge in die Stadt gekommen. Obwohl der Dom sehr groß war, gab es nicht für jeden Platz, um an der Messe im Inneren teilnehmen zu können. Unter den Anwesenden fiel eine außergewöhnliche Familie auf. Die des Steinmetzen Thomas. Er war inzwischen ein reifer Mann geworden und silberne Fäden zogen sich durch sein dichtes, schwarzes Haar. Der Junge an seiner linken Seite sah ihm jetzt schon ähnlich. Die vier jüngeren Mädchen hatten alle langes seidiges Haar. Kamen mehr nach ihrer Mutter. Der schönen, stolzen Agnes, die ihre Augenklappe stets erhobenen Hauptes trug.

Das Hotelzimmer

Ein zur Anonymität verdammter
stummer Zeuge von
Routine Flucht
zerwühlten Laken
Dramen Karrieren Leere
Durchgang Lüge
manchmal Glück
bricht sein Schweigen
nur in Morgenstunden
wenn der Wind
mit der Gardine tanzt
und Farben sich noch
nachtgrau kleiden

Pablo wohnt in Lima

Gedanken, Verletzungen und Narben sind immer im Gepäck. Egal, wohin uns der Weg führt.

Die Stewardess erinnerte mich an Maike und das kleine Mädchen im Gang daran, dass mich Carsten ausgetauscht hatte, weil ich keine Kinder bekommen konnte. Und dass ich deshalb in seinen Augen keine richtige Frau mehr war. Ich versuchte, mich auszuruhen. Der Zwischenstopp in Madrid lag erst drei Stunden zurück, und so trennten mich noch mindestens acht von Lima. Ich dachte an Vater, sein Bestreben, mich aufzufangen. Ohne viele Worte, wie es schon immer seine Art gewesen war. Er hatte das Steuer in die Hand genommen, als ich besiegt und manövrierunfähig zu ihm zurückgekehrt war. Eine Reise sollte ich machen, Abstand gewinnen und das graue Februarfrankfurt erst einmal hinter mir lassen. Wie in Trance hatte ich ihn ins Reisebüro, zum Arzt und in Trekkingfachgeschäfte begleitet. Er war überzeugt davon gewesen, dass mich der peruanische Sommer auf andere Gedanken bringen würde.

»Und vergiss nicht, Machu Picchu von mir zu grüßen!«, hatte er mir noch zugerufen.

Ich musste lange geschlafen haben. Unter uns war schon die Pazifikküste zu sehen, an deren Saum Lima, mein erstes Ziel, lag. Als ich die Maschine verließ, lächelte mir besagte Stewardess zu. In der gleichen Art, wie mir damals Maike zugelächelt hatte. Jene Maike, für die ich mich eingesetzt hatte und die nun das Kind meines Lebens- und Geschäftspartners unter dem Herzen trug. Ich wurde von hinten aus meinen Gedanken geschubst, verließ das Flugzeug und orientierte mich zum Gepäckfließband. Ich hatte nicht viel mitgenommen. Hauptsächlich feste Schuhe, Regenschutz, Jeans und Pullis. Und ein chices Kostüm.

Warum eigentlich? Schließlich war ich ja keine richtige Frau mehr.

»Hotel Sheraton Lima, por favor«, sagte ich zum Taxifahrer, und er nickte wissend. Das klapprige Auto wurde Teil eines unglaublichen Chaos, einer Blechlawine, die sich scheinbar unkoordiniert und jenseits jeder Verkehrsregeln an armseligen Hütten, Müll und halbfertigen Häusern vorbei, austobte. Manchmal hielt der Fahrer sogar an, wenn eine Ampel rotes Licht zeigte. Augenblicklich drängten sich fliegende Händler ans Fenster und priesen ihre Waren wortreich und lautstark an. Ich winkte ab und war froh, als sich das Taxi wieder in Bewegung setzte. Mit einer Vollbremsung hielt der Fahrer vor meinem Hotel in der Altstadt an. Ich bezahlte und betrat das Betongebäude, das auf den ersten Blick deplatziert wirkte, innen jedoch Luxus pur zu bieten hatte. Das Beste war meinem Vater gerade gut genug, wenn es um seine Tochter ging.

In den folgenden Tagen hatte ich den Eindruck, als wäre die Suite für einen anderen Menschen gemietet worden, als würde ich Schönheit, Farbenpracht und Elend Limas durch eine dicke Glaswand wahrnehmen. Besonders einsam fühlte ich mich dann, wenn ich mich einer Touristengruppe anschloss. Abends trank ich das peruanische Nationalgetränk Pisco Sour, eine spritzige Mixtur aus Limonensaft, Eis, Eiweiß und einem Traubenschnaps namens Pisco, in Mengen, die mir einen gnädigen, scheinbar traumlosen Tiefschlaf verschafften.

Immer öfter war ich, entgegen allen Warnungen, allein unterwegs. Schließlich hatte ich nichts zu verlieren. Aber nicht ein einziges Mal fühlte ich mich bedroht oder belästigt. Im Gegenteil. Die Menschen mit den ernsten Augen, die im Gegensatz zu ihrer farbenfrohen Kleidung zu stehen schienen, waren hilfsbereit und freundlich.

Ein Spanischkurs, den ich als Studentin einmal belegt hatte, half mir, mich einigermaßen gut zu verständigen.

Das koloniale Stadtzentrum mit seinen liebevoll restaurierten Fassaden und stillen Innenhöfen, die Plaza

Mayor, sowie zahlreiche Kirchen und Museen hatte ich bald schon abgeklappert. Lima war einzigartig. Mit einer dichten Atmosphäre, die für glücklichere Touristen beinahe greifbar sein musste. Doch Peru bestand nicht nur aus Lima. Mein Vater hatte stets von der Vielfalt des Landes, welches Wüste, Bergland und tropischen Regenwald zu bieten hat, geschwärmt. Vielfalt. Ein Wort, über dessen Bedeutung ich, während eines einsamen Spazierganges durch die Geröll- und Sandwüste, die sich am Pazifik entlang zieht, nachdachte. Vielfalt. Das war es, was ich mir vom Leben erträumt und erhofft hatte.

Lange Zeit war alles perfekt gelaufen. Ich hatte den richtigen Beruf gewählt. An der Uni meinen Traummann kennen gelernt und mit ihm zusammen ein Architekturbüro eröffnet. Beruflicher Erfolg, eine intakte Partnerschaft, später durch ein oder zwei Kinder ergänzt, nicht mehr und nicht weniger hatte ich erwartet. Doch ich hatte lernen müssen. Lernen, dass der Bauplan unseres Lebens schon fertiggestellt ist, bevor wir unsere Wünsche anmelden können.

Ein Unterleibstumor, der mich zwar nicht das Leben gekostet, es mir aber unmöglich gemacht hatte, jemals welches zu schenken, und eine Bauzeichnerin, die ich trotz schlechter Noten eingestellt hatte, um ihr eine Chance zu geben, hatten meine Visionen zerstört. Jugend und Leichtigkeit hatten Carstens Herz für Maike geöffnet. Ich war Hals über Kopf aus Geschäft und Beziehung geflohen. Und Carsten hatte noch nicht einmal mehr ein Wort des Bedauerns für mich übrig gehabt. Zum Glück fiel ich wenigstens finanziell auf die Füße. Jede Mark, die ich damals in unser Geschäft gesteckt hatte, war notariell beurkundet. Und mein Vater, ebenfalls Architekt, wollte sich schon seit längerer Zeit zur Ruhe setzen. Suchte einen Nachfolger für sein Büro. Warum also nicht demnächst die eigene Tochter walten lassen?

Abends und in der Nacht wurde es kalt im peruanischen Sommer. Ich lief, bis ich ein Taxi erblickte, und ließ mich durch den tobenden Verkehr ins Hotel fahren. Am nächsten Morgen stand ich früh auf. Nur mit einem Rucksack, der das Allernötigste enthielt, bepackt, brach ich zum Flughafen auf. Das Hotelzimmer in Lima behielt ich, da ich nicht wusste, wie lange ich unterwegs sein würde und wo ich meine übrigen Sachen lassen sollte. Ein Inlandflug brachte mich nach Cusco, der einstigen Inka-Metropole.

Den Höhenunterschied spürte ich sofort. Ich würde mich akklimatisieren müssen, bevor ich weiter ziehen konnte. In einem zum Hotel umfunktionierten ehemaligen Kloster nahm ich ein Zimmer. Ich beschränkte mich auf leichte Kost und verzichtete auf Alkohol und Zigaretten, um meinem Körper die Umstellung zu erleichtern. Schließlich befand ich mich mitten in den Anden, auf nicht weniger als 3500 Metern Höhe. Am nächsten Morgen fühlte ich mich ungewöhnlich gut. Nicht nur körperlich. Zum ersten Mal, seit meine Welt in Trümmer gelegt worden war, empfand ich so etwas wie Neugierde. Die Glaswand, die mich bisher von all dem Geschehen um mich herum isoliert hatte, schien langsam aber sicher zu zerbröckeln. Ich besichtigte Ruinen und die sehenswerten Märkte in und um Cusco, die mein Vater mit rotem Stift im Reiseführer markiert hatte. Nach zwei Tagen fühlte ich mich der Höhenluft ausreichend angepasst, um mein wichtigstes Ziel ansteuern zu können.

Um Machu Picchu, die archäologische Hauptsehenswürdigkeit des ganzen Landes, zu erreichen, standen Helikopter und Zug zur Auswahl. Ich entschied mich für den Zug. Es dauerte nicht lange, bis wir die karge Berglandschaft Cuscos hinter uns gelassen hatten. Die Waggons ratterten durch das Tal des wilden Rio Urubamba, um anschließend in den grünen Urwald einzutauchen. Ich bekam eine Ahnung von der Vielfalt Perus, die mein Vater schon immer gepriesen hatte. Gut einhundert Kilometer später war die Fahrt zu Ende. In Aguas Calientes stieg ich in einen Kleinbus um, der mich und einige andere Unermüdliche die Serpentinen zum »Großen Gipfel«, Machu Picchu, hinauf brachte.

Nicht nur mein Architektinnenherz begann zu rasen. Nie zuvor im Leben hatte ich so etwas Herrliches gesehen. Machu Picchu war eine Festung des hochzivilisierten und weit ausgedehnten Inkareiches gewesen und 1532 von den Spaniern besiegt und zerstört worden.

Im Zentrum der terrassenförmigen Anlage lag, etwas exponiert, das Heiligtum Intihuatana, der »Ort, an dem die Sonne angebunden ist«. Im wahrsten Sinne des Wortes. Die Skulptur, die mich trotz oder gerade wegen ihrer Schlichtheit berührte, wurde dieser Beschreibung gerecht. Vater hatte meine Reise gezielt ausgesucht. Und getroffen. Ein steiler Weg führte zum Friedhof, dem höchsten Punkt der Anlage. Doch meine Mühe wurde belohnt. Mit einem fantastischen Panoramablick über die Ruinenstätte, die waldbewachsenen Gipfel der Anden und den Rio Urubamba tief unten im Tal. Ich blieb den ganzen Nachmittag. Besichtigte den Tempelbezirk, das Kernstück der Stadt, und den Kondortempel. Berührte ehrfürchtig Mauern, die ohne Mörtel errichtet worden waren und trotzdem noch standen. Ich fühlte mich den Ruinen Machu Picchus eng verbunden. Hatte das Gefühl, dass mir dieser mystische Ort bereits gesagt hatte, was zu sagen war. Besiegt und zerstört, aber trotzdem wunderbar. Gemeinsamkeit, Gleichklang zwischen Ort und Mensch.

Erst als die Sonne unterging, kehrte ich an die Bahnlinie zurück, verbrachte die Nacht in einem kleinen Hotel, um am nächsten Tag den Zug zurück nach Cusco zu nehmen.

Ich packte meine Sachen im Klosterhotel zusammen und bestellt mir ein Taxi zum Flughafen. Zurück nach Lima.

Den Taxifahrer, der mich in Lima vom Flughafen zum Sheraton Hotel fuhr, kannte ich schon. Von meiner ersten Taxifahrt auf peruanischem Boden. Diesmal hatte er einen kleinen, etwa fünf Jahre alten Jungen dabei. Dieser saß neben mir auf der Rückbank und betrachtete mich mit offener Neugier. Seine dünnen Beinchen steckten in zerrissenen Turnschuhen und verwaschenen, viel zu großen Bermudashorts. Sein Lächeln war verschmitzt.

»Wer bist du?«, fragte ich ihn.

»Ich bin Pablo und werde später auch Taxifahrer. Oder Pilot.«

Ich streckte ihm meine Hand entgegen, die er nach kurzem Zögern nahm.

»Ich heiße Silvia und wollte auch mal Pilotin werden.«

Ich sah die ernsten Augen des Fahrers im Rückspiegel. Hatte ich etwas Falsches gesagt? Während Pablo mit beiden Händen Loopings simulierte, erklärte mir der Fahrer kurz, dass Pablo sein kleiner Bruder war. Unglaublich. Zwischen den beiden lag ein Altersunterschied von mindestes zwanzig Jahren.

»Unsere Eltern sind gestorben, und ich kann Pablo nicht immer allein lassen.«

Ich versuchte, meine Tränen zurückzuhalten. Ohne Erfolg. Pablos Loopings wurden ruhiger und er sah mich aus schwarzen Knopfaugen unverwandt an. Er konnte nicht verstehen, warum ich weinte und legte vorsichtig seine Hand auf meinen Arm. Verrückte Welt. Alles brach aus mir heraus. Dieser kleine Junge hier war in der Lage und bereit, zu trösten. Als wir vor dem Hotel anhielten, hatte ich mich wieder halbwegs gefangen. Pablo hatte meinen Arm immer noch nicht losgelassen, und in seinen Augen sah ich Kummer. Sollte ich jetzt etwa aussteigen, bezahlen, und diese Begegnung als niedliches Urlaubserlebnis abhaken? Pablos Bruder hatte sich zu uns herumgedreht. Hinter uns wurde ungeduldig gehupt.

»Wenn Sie möchten, ich meine, wenn Sie und Pablo wollen, kann ich morgen auf Pablo aufpassen.«

Pablos Bruder dachte nach, schien überrascht.

»Warum tun Sie das?«

»Weil ich Pablo mag.«

»Gut. Wann kann ich ihn bringen, zum Hotel?«

»Um acht Uhr.«

»Acht Uhr«, wiederholte der Taxifahrer.

Pablo hatte unsere Unterhaltung aufmerksam verfolgt, und der Kummer in seinen Knopfaugen war einem Strahlen gewichen.

»Bis Morgen, Pablo« sagte ich, gab seinem Bruder alle Soles, die ich noch in der Tasche hatte und stieg aus.

Pablo winkte mir, bis das Taxi mit dem strömenden Verkehr eins wurde.

Schon eine halbe Stunde vor der vereinbarten Zeit stand ich vor dem Hotel. War gespannt und aufgeregt wie ein Teenager vor dem ersten Date. Pablo wurde pünktlich gebracht. Schüchtern fragte mich sein Bruder, wann er den Kleinen wieder abholen solle.

»Nicht so bald!«, rief Pablo und sein Bruder sah peinlich berührt zur Seite. Wir vereinbarten, uns um fünf Uhr nachmittags wieder vor dem Hotel zu treffen. Ich hatte mir vorgenommen, Pablo nicht mit ins Hotel zu nehmen. Nicht, dass ich mich seiner geschämt oder Ärger befürchtet hätte. Aber ich wollte dieses offenbar in bitterer Armut lebende Kind nicht mit Luxus brüskieren oder ihm eine falsche Vorstellung von meinem Leben geben. So pilgerten wir durch die Stadt, tranken hier und da einen köstlichen Fruchtsaft und lauschten der Musik, die an vielen Ecken gespielt wurde. Bald nahm Pablo meine Hand und führte mich an Plätze, die in keinem Reiseführer erwähnt sind. Schöne Orte, aber auch Bezirke tiefsten Elends. Manchmal wurden wir seltsam angesehen. Da die neugierigen Blicke Pablo nicht zu stören schienen, waren sie auch mir egal. Zu Mittag aßen wir ein deftiges Gericht aus Kartoffeln, Mais und Karotten. Pablo verschlang seine Portion wie ein hungriger kleiner »tigre«. Nach dem Essen sagte er Danke. Wann hatten sich Carstens verwöhnte Nichten jemals für etwas bei mir bedankt?

Die Stunden rasten dahin. Der Abschied fiel mir, und ich glaube auch Pablo, noch schwerer als am Vorabend im Taxi. Sein Bruder hatte nichts dagegen, mir Pablo am nächsten Tag auf die gleiche Weise anzuvertrauen.

Meine letzten und besten Urlaubstage verbrachte ich also nicht allein. Niemals forderte der Junge oder stellte irgendwelche Ansprüche. Auch sein Bruder nicht.

Als sie mich zum Essen nach Hause einluden, bekam das Wort Armut eine neue Dimension für mich. Entsetzen und Scham überkamen mich, als ich ihre Hütte, halbfertig, aus ungebrannten Lehmziegeln und mit Wellblechfragmenten gedeckt, betrat. Noch mehr schämte ich mich wegen der Unkosten, in die sie sich gestürzt haben mussten, um mir ein festliches Essen zu bereiten. Selten war ich so herzlich und aufmerksam bewirtet worden. Der Abend klang aus und später, allein im Hotel, beschlich mich die Melancholie eines nahenden Abschieds, der aber, so weit kannte ich mich mittlerweile, kein endgültiger mehr sein konnte. Mein Abflug rückte unerbittlich näher.

Um nicht pausenlos daran denken zu müssen und Pablo nicht früher als notwendig traurig zu machen, stürzte ich mich in organisatorische Aktivitäten. Kaufte meinem kleinen Freund neue Hosen und Schuhe. Außerdem eröffnete ich ein Konto für die beiden Brüder. Ich zahlte einen stattlichen, aber nicht überhöhten Betrag ein und nahm mir vor, jeden Monat eine gewisse Summe zu überweisen. Und immer, wenn ich Pablo besuchen würde, persönlich etwas einzuzahlen.

Es gelang mir, wenn auch nur schwer, den Abschied fröhlich und undramatisch anzugehen. Glücklicherweise konnte wenigstens Pablo nicht ermessen, wie lange ein paar Wochen oder Monate sein können. Ich hinterließ den Brüdern meine Adresse und Telefonnummer, und das Versprechen, bald wiederzukommen.

Als »comadre«, Mitmutter. Ich werde für Pablo sorgen, solange ich lebe. Den Umfang und die Art wird er selbst bestimmen. Das Gepäck ist leicht, wenn es Liebe und Zuversicht enthält.

Katze

Dein Gang lässt mich
Anmut begreifen
jeder Sprung
verhaltene Kraft

In deinen Augen
ahne ich Wissen
ererbt erlebt gesehen
Jahrtausende alt

Bist meine Freundin
weil du es so willst
Sorgen verstreichen
in deinem Fell

Ein Bündel warst du
niedlich weil klein
doch bald wurde mir klar
Tochter der göttlichen
Bastet bist du

Die blaue Tigerin

Der Herr aber sprach zu ihm: Darum soll jeder, der Kain erschlägt, siebenfacher Rache verfallen. Darauf machte der Herr dem Kain ein Zeichen, damit ihn keiner erschlage, der ihn finde.«
(Genesis 4,15)

Der Ort, vielleicht schon sein diffuser Umkreis, machte das Zeichen wieder sichtbar, ließ es auf meiner Stirn lodern. Halbherzig verborgene Blicke hinter Gardinen und das abrupte Verstummen der Gespräche, sobald ich mich näherte, zeigten, dass man nicht vergessen hatte. Obwohl einige der Älteren mittlerweile wahrscheinlich gestorben waren, hatte der Hass nichts an Dichte eingebüßt. Vielleicht war die Neigung zu diskriminieren ein begehrtes Erbgut im wörtlichen Sinne.

Ich versuchte, den Schmerz und meine verschwitzten Hände zu ignorieren und ging die Straßen entlang, die sich in vierzehn Jahren kaum verändert hatten und nun dem zunehmenden Verkehrsaufkommen kaum gewachsen waren.

Ein ehemaliger Nachbar kam mir entgegen, erkannte mich und spuckte im Vorübergehen aus. Winzige Schleimpartikel trafen mein Gesicht, doch ich ging weiter, als wäre nichts geschehen.

Der Wille, Katja den Umschlag zukommen zu lassen, ohne dass ihn meine Schwiegereltern ebenso abfangen konnten wie jeden meiner Briefe, war mein Motor. Und das Taxi, das hinter dem Friedhof auf mich wartete, schien mir das Netz im irrwitzigen Hochseilakt.

Das Haus meiner Schwiegereltern war nicht mehr unschuldig weiß, sondern gelb gestrichen. Aber die Hecke, die seinen Garten vom Nachbargrundstück trennte, existierte nach wie vor.

Wie eine Diebin stahl ich mich aufs Grundstück, drückte den Klingelknopf und versteckte mich hinter der grünen Barriere.

Als das schlaksige Mädchen die Tür öffnete und sich das lange braune Haar aus dem Gesicht strich, musste ich mir den Mund zuhalten und meinen Beinen befehlen, stehen zu bleiben.

Das Mädchen war meine Tochter Katja, die ich seit jener Nacht vor vierzehn Jahren nicht mehr gesehen hatte.

Ich warf den Umschlag über die Hecke, und er landete genau vor Katjas Füßen. Ich registrierte, dass ihr Erschrecken bald der Neugier wich und sie sich bückte. Der erste Schritt war getan, und es war nicht meine Entscheidung, ob jemals ein zweiter folgen sollte.

Leise entfernte ich mich vom Haus und lenkte meine Schritte zurück zum Friedhof, auf dessen Parkplatz das Taxi wartete.

Der Fahrer rauchte und legte die Zeitung beiseite, als ich hinten einstieg. Er schien nicht überrascht, als ich ihn um eine Zigarette bat.

»Bitte zurück zum Flughafen!«, hörte ich mich sagen, und der Wagen setzte sich in Bewegung.

Gregors Grab musste sich irgendwo im nördlichen Bereich des Friedhofs befinden. Ein Bedürfnis, es zu besuchen, hatte ich nicht. Und hätte ich es gehabt, wäre ich ihm nicht nachgegangen. Katjas Vater war tot, und ich fand nach wie vor, dass ich nicht anders hatte handeln können.

Die Zigarette beruhigte mich, und ich ließ Katjas Bild vor meinem geistigen Auge auferstehen. Gab es Spuren von Angst oder Depression in ihren Zügen, ihrer Gestik?

Wir hielten an einer Ampel. Am Straßenrand standen Gerda aus der Bäckerei und ihre betagte Mutter. Sie erkannten mich, zeigten es aber nicht. Das Wort »Mörderin« war deutlich zu hören, als sie die Straße überquerten. Der Fahrer bemerkte mein Zusammenzucken offenbar nicht und fuhr wieder an. »Mörderin« würde ich hier in zwanzig Jahren noch genannt werden, »Mörderin« würde es zischen und tuscheln, wo immer ich ging und stand. Und »Mörderin« läge in jedem abschätzigen Blick, auch wenn ich auspacken würde.

Mein Etikett klebte so fest, dass selbst die Wahrheit es niemals vollständig lösen könnte. Ich musste die Lüge mit ins Grab nehmen. Denn die Wahrheit könnte Katja töten.

Ich bat den Fahrer um weitere Zigaretten. Ich hatte mir das Rauchen gleich nach der Entlassung aus dem Gefängnis abgewöhnt, doch ungewöhnliche Situationen überstand ich noch nicht ohne Nikotin. Vierzig Minuten dauerte die Fahrt nach Frankfurt, zwei Stunden musste ich am Flughafen warten.

»Mörderin!«, hörte ich und war niemals sicher, ob die Stimmen von außen oder aus meinem Kopf kamen. Erst während des Fluges verloren sie ihre Penetranz, um bald ganz zu verstummen.

Als ich mich am Flughafen London Heathrow in Richtung Untergrundbahn bewege, fasziniert und trägt mich sofort wieder die Vielfalt von Gerüchen, Sprachen, Geräuschen und Menschen, die nicht allein das Privileg eines internationalen Flughafens ist. Stickige Luft, doch lebendig werdender Geist. Der Strom nimmt mich auf, ich werde sein Bestandteil und bleibe dabei unangetastet in meiner Individualität. Die Untergrundbahn fährt ein, ich finde einen Platz gleich bei den Türen.

Woher kommt der Jugendliche, der mir gegenüber sitzt, mit einer Zeitung auf den Knien, deren Schlagzeile ich nicht entziffern kann? Oder die junge Frau mit den grünen Haaren, die bei der Tür lümmelt? Wohin geht sie? Liebt sie und wird sie geliebt? Bei welchem Anlass hat der Mann, ein paar Reihen vor mir, seinen Arm verloren? Ich werde es niemals erfahren und das ist gut so, denn es berührt mich, doch es interessiert mich nicht wirklich. Und niemand verurteilt mein Desinteresse, niemand verurteilt mich. Die Waggons tauchten auf, Nebel und scheinbar endlose Reihen roter Ziegelgebäude lösen die gelben Kacheln der Tunnels ab.

Kaum jemand sieht aus dem Fenster, denn die Stadt ist da, selbstverständlich, unbeeindruckt und unaufdringlich, eine verlässliche Größe die umarmt, ohne einzuengen. Niemand erzählt und niemand stellt Fragen, niemand kennt mein Vorhaben und meine Vergangenheit, und niemand urteilt.

Jeder darf sich selbst leben, Pläne für die nächsten Stunden oder für ein ganzes Leben vor seinem geistigen

Auge aufrollen. Die U-Bahn bleibt stehen, die meisten Plätze werden neu besetzt. Von neuen Menschen mit Schicksalen und Zielen, die ich errate, doch niemals erfahren möchte und werde, und mit denen jeder allein bleiben kann, wenn er will. Auch ich. Der Zug taucht wieder ab, ich sehe die schwach beleuchteten Tunnelwände vorbeihuschen. An der King's Cross Station steige ich aus, der Sog des sich entfernenden Zuges bewegt eine alte Zeitung auf dem Boden, deren Schlagzeilen entweder längst vergessen oder selbstverständlicher Bestandteil des großen Gedächtnisses geworden sind.

Ich lasse ein paar Münzen in den Hut eines Bettlers fallen, dessen Gesicht mich anspricht und sofort wieder in den Tiefen meines Bewusstseins verschwindet, um Teil von mir zu werden, so wie ich vielleicht Teil von ihm geworden bin.

Ich nehme meine Tasche wieder auf, gehe vorbei an den Zeitschriftenläden und Sandwichverkäufern, die sich niemals erinnern, wen sie bedient haben. Ich nehme die Rolltreppe, stelle mich ganz nach rechts und blockiere doch die eiligeren Menschen hinter mir, werde sachte zur Seite gedrängt, höre eine kurz gemurmelte Entschuldigung, vergesse und werde vergessen.

Draußen atme ich meine Stadt. Der Taxifahrer sieht müde aus und mich nicht an, sein Schweigen tut gut. Ich schaue aus dem Fenster, bestaune den tobenden Verkehr, der niemals ruht, immer der gleiche ist und doch jede Sekunde ein anderer. Immer Bewegung, niemals Stillstand. Gestern, heute und morgen vereint in einem nicht ganz harmonischen, aber herrlichen Akkord. Die Stadt verändert sich, lebt und wird immer leben, und ich in und mit ihr und durch sie. Alles darf mich berühren, aber nicht zu stark, wenn ich es nicht möchte. Vor dem Haus bleibt das Taxi stehen, unbeeindruckt von lautem Hupen irgendwo hinter uns. Ich bezahle rasch und nehme meine Tasche. Eine Frau, die ich nicht kenne, schaut aus einem Erdgeschossfenster und durch mich hindurch. Ich öffne die Haustür, die nicht zählt, wie viele kommen und gehen und doch immer gutmütig knarrt. Ich steige die ausgetretenen Stufen, die viel ertragen haben und nie jammern über den, der auf sie tritt, bis in den vierten Stock hinauf. Jemand hört laute Musik, ich kenne weder die Melodie noch den Text, doch sie gefällt mir trotzdem. Ein Willkommensgruß für einen Menschen, der gern allein ist.

Als ich meine Tür aufschließe, kommen drei Kinder, die ich noch nie gesehen habe, aus der Nachbarwohnung. Sie lächeln mich freundlich an und rennen die Treppe hinunter, ohne sich weiter um mich zu kümmern. Mein Herz klopft. Ich bin zu Hause, endlich wieder geborgen und frei in der Anonymität der Metropole, die mich nimmt wie ich bin und die mich trägt. Wie schwerelos bin ich hier, befreit vom Bild meines toten Mannes und des verstörten Kindes. Ich habe nur wenig auszupacken und gehe, wie fast jeden Abend, in mein Pub.

»The Blue Tigress«, die blaue (oder traurige?) Tigerin liegt nur wenige Straßen von meiner Wohnung entfernt.

Der Barkeeper nickt mir zu, lächelt mich an und mixt meinen Lieblingscocktail. Später ruft er mich zum Telefon, ich vermute zuerst, dass mich meine Kollegin aus der Agentur sprechen möchte.

Doch es ist Katja, meine Tochter. Ich hatte ihr nicht nur ein Ticket nach London in den Umschlag gelegt, sondern auch einen Zettel mit der Adresse und Telefonnummer der »Blue Tigress«.

»Ich werde kommen, Mama. Morgen bin ich volljährig, niemand kann mir mehr verbieten, dich zu sehen!«

Mein Mund ist trocken, nur mühsam entlässt er Worte.

»Ich freue mich auf dich!«, flüstere ich ins Telefon.

»Bis morgen, Mama.«

»Bis morgen, mein Kind!«

Ich reserviere ein hübsches Zimmer in der »Blauen Tigerin«, der Barkeeper notiert, ohne indiskrete Fragen zu stellen. Wenn Katja auch keine Fragen stellt, kann ich sie in mein Leben lassen. Sie soll niemals erfahren, dass ich ihren Vater erschlagen habe, weil er sie missbraucht hat.

Anubis No.II

Das Verhalten meiner Brüder ging mir nicht nur schrecklich auf die Nerven, es tat auch weh. Die beiden waren respektlos und unreif, anders konnte man es nicht bezeichnen. Statt mit anzupacken, stolzierten sie lachend mit Hut, Handtasche und Zigarettenspitze vor dem Spiegel im Schlafzimmer umher.

»Tante Agatha ist hier, in diesem Zimmer, vor knapp vier Wochen verstorben! Wie albern und pietätlos müsst ihr sein, sie und ihre geliebten Dinge zu verspotten?«

Ich ging rasch aus dem Zimmer, um nicht noch heftiger zu werden.

»Albern und pietätlos!« flötete mir Frank hinterher, und ich hörte Rudi lachen. Es war hoffnungslos mit den beiden. Kaum zu glauben, dass sie nur unwesentlich jünger waren als ich. Um mich von meiner Wut abzulenken beschloss ich, die Küchenschränke auszuräumen. Schließlich mussten wir das Häuschen Ende des Monats an seinen Besitzer, Herrn Hansen, besenrein übergeben.

Tante Agatha war die wesentlich ältere, unverheiratete und kinderlose Schwester unseres Vaters gewesen. Sie hatte als Fotografin gearbeitet und in den siebziger Jahren große Erfolge verbuchen können. Die renommiertesten Magazine Europas hatten sich damals um ihre Arbeiten gerissen. Doch in den letzten Jahren war es still um sie geworden.

Die Tatsache, dass Agatha in finanziellen Dingen immer lässig, und vor allem sehr großzügig gewesen war, hatte sie gezwungen, vor wenigen Jahren das Häuschen zu verkaufen.

»Was auf dem Papier steht, ist doch piepegal!«, hatte sie damals gesagt. »Hauptsache, ich kann hier wohnen bleiben, bis mich der Sensenmann holt!«

Aus dem Schlafzimmer hörte ich unangenehmes Rumpeln. Konnte man die Chaoten denn keine Sekunde aus den Augen lassen?

Ich unterbrach meine Arbeit in der Küche und eilte über den Flur ins Schlafzimmer. Rudi und Frank hatten einen riesigen Karton auf dem Schrank entdeckt, dessen Inhalt sich beim ungeschickten Herunterzerren geräuschvoll auf den Boden entleert hatte. Fassungslos starrten wir auf Eiffeltürme in allen Farben und Größen,

Muschelkästchen, russische Holzpuppen und Repliken ägyptischer Skulpturen.

»Na, das ist doch was für unser pietätvolles Schwesterherz!«, unterbrach Frank die Stille. »Den Kitsch kannst du in deinem Ramschladen an naive Touristen verkaufen!«

»Ich habe keinen Ramschladen!«, schrie ich und näherte mich meinem jüngeren Bruder. Dieser trat einen Schritt zurück.

»Hört doch auf!«, sagte Rudi in einem plötzlichen Anfall von Vernunft. »Lasst uns weitermachen, sonst werden wir hier nie fertig!«

Wir packten die Reiseandenken eines Lebens zurück in den Karton, und Rudi war so zuvorkommend, diesen gleich in mein Auto zu laden. Irgendwie hatte sich die Stimmung verändert, und am Abend konnten wir auf ein erfolgreiches Tagewerk zurückblicken. Kleider sowie Hausrat meiner Tante hatten wir, bis auf ein paar Kleinigkeiten, zur Sozialstation gebracht, und über den größten Teil der Büchersammlung freute sich die örtliche Leihbibliothek. Die antiken Schränke überließen wir Frank, der Schreiner gelernt hatte und vorsorglich mit einem großen Transporter angereist war. Hundertzwanzig Euro, die im Küchenschrank gesteckt hatten, gaben wir Rudi, der im zarten Alter von dreißig Jahren schon Frau und vier Kinder zu ernähren hatte.

Meine Brüder, die beide in Hamburg lebten, verabschiedeten sich am Abend und nahmen den letzten Autozug über den Hindenburgdamm. Sie versprachen, am nächsten Wochenende wiederzukommen und beim Putzen und Entsorgen der restlichen Möbel zu helfen. Da ich in Heidelberg lebte, hatte ich eine wesentlich längere Strecke zurückzulegen als Frank und Rudi.

Ich beschloss, eine Nacht in dem kleinen Häuschen auf Sylt zu bleiben, um am nächsten Morgen die Reise ausgeruht antreten zu können. Obwohl es schon spät war, rief ich meinen Bekannten Jörn an, der sich während meiner Abwesenheit um den winzigen Antiquitätenladen in der Altstadt Heidelbergs kümmerte.

»Alles in Ordnung, Kerstin!«, sagte er und seine ruhige, wohlklingende Stimme tat mir gut. »Ich habe heute die Vase mit dem Goldrand und die Obstmesser verkauft.«

Mein Herz hüpfte. Offenbar ging es mit dem Laden wieder ein kleines bisschen aufwärts.

»Ich danke dir, du Verkaufsgenie! Bald bin ich wieder im schönen Heidelberg. Machs gut, mein Lieber!«

»Du auch. Und halt die Ohren steif!«

Lächelnd legte ich auf. Jörn war Gold wert. Ich hatte den Studenten der Kunstgeschichte in einem Szenelokal in der Altstadt kennen gelernt und sofort sympathisch gefunden.

Bald darauf half er im Laden aus, wenn ich keine Zeit hatte.

Er verstand, dass ich ihm nur ein bescheidenes Gehalt zahlen konnte. Seine Anwesenheit war mir fast noch wichtiger als sein immenser Sachverstand. Ohne ihn hätte ich vor knapp vier Wochen nicht Tante Agathas Hände halten können, als sie ihre letzte Reise antrat.

Ich beschloss, Tante Agathas Bett für die Nacht zu überziehen. Da meine Brüder endlich fort waren, konnte ich meinen Gefühlen freien Lauf lassen. Mir wurde schmerzlich bewusst, wie allein ich auf dieser Welt war.

Unsere Eltern waren schon seit längerer Zeit tot, ein Autounfall hatte uns innerhalb von einer Sekunde zu Vollwaisen gemacht. Vielleicht war Tante Agatha deswegen zur wichtigsten Person in meinem Leben geworden. Wann immer ich Zeit gehabt hatte, war ich zu ihr auf die Insel Sylt gereist. Ihre liebenswerte Exzentrik und ihr manchmal etwas deftiger Humor hatten mir Halt gegeben. Um Geld hatte ich sie, im Gegensatz zu meinen Brüdern, nie gebeten.

Ich hob die Matratze an, um das Ende des Lakens darunter zu schieben. Ein Schrei entwich meiner Kehle. Ich war mit meinem Ring irgendwo hängen geblieben. Der Finger schmerzte so höllisch, dass ich zuerst befürchtete, ihn mir abgerissen zu haben. Doch zum Glück war er noch dran. Ich rannte in die Küche, um ihn unter fließendes Wasser zu halten. Diese Maßnahme brachte rasche Linderung, und die Smaragde meines Ringes funkelten unter dem kühlen Nass. Plötzlich musste ich wieder an Tante Agathas letzte Worte denken, die sich sogar gereimt hatten: »Er ist echt ... es war nicht recht!«

Lange hatte ich damals überlegt, was sie wohl gemeint haben könnte. Letztendlich war ich zu dem Schluss gekommen, dass sie beim Halten meiner Hand den Ring gespürt haben musste, und ihr vom Morphium vernebelter Geist einen letzten Reim gebildet hatte. Der Ring war allerdings echt. Ich hatte ihn auf einer Antiquitätenbörse erstanden. Erst nach ausgiebiger Untersuchung durch Fachmann Jörn war mir bewusst geworden, zu welchem Spottpreis er in meinen Besitz übergegangen war. Jörn hatte meine Gewissensbisse bald zur Seite gewischt und mir geraten, das Stück nicht zu verkaufen, sondern für mich selbst zu behalten.

»Das Weißgold der Schiene und das intensive Grün der Steine passen sehr gut zu deinem Haar und deinen Augen! Ich glaube, der Ring und du, ihr habt euch gesucht und gefunden.«

Ich streifte das Schmuckstück, das mich beinahe meinen Finger gekostet hatte, ab, um das Bett fertig zu überziehen. Bald darauf legte ich mich hin. Der Schlaf übermannte mich regelrecht, und das Pfeifen des ewigen, nordfriesischen Windes verwandelte sich allmählich in eine Art Flötenspiel.

Mir war angenehm warm und ich wunderte mich darüber, Sand unter meinen Füßen zu spüren. Überall waren Menschen, und ich hörte fremde Sprachen sowie das knatternde Motorengeräusch weißer Geländewagen. Die Sonne brannte vom Himmel, und ich musste blinzeln. In einiger Entfernung, jenseits der Menschenmassen, sah ich Tante Agatha, zusammen mit einem Mann, bei einer Mauer stehen. Voller Freude lief ich winkend auf sie zu. Aber sie schien mich nicht zu sehen, und meine Beine waren plötzlich schwer wie Blei. Als ich endlich bei ihr ankam, sah ich, wie sie dem finster dreinblickenden Mann diskret ein dickes Bündel Geldscheine reichte. Zeitgleich verschwand ein kleines, verschnürtes Päckchen in der Tasche ihrer Leinenjacke. Der Mann blickte sich kurz um, ohne mich zu sehen, und eilte davon. Als ich meine Tante ansprechen wollte, sagte sie: »Es war nicht recht.« Dann löste sie sich plötzlich in Nichts auf.

Schweißgebadet wachte ich auf. Draußen erzählte der Wind, dass er bald zum Sturm werden würde. Ich schlüpfte aus dem Bett und ging in die Küche, um ein Glas Wasser zu trinken.

Ich verspürte zwar keine Angst, war aber sehr aufgewühlt. Was hatte der Traum zu bedeuten? Meine geliebte Tante vor orientalisch anmutender Kulisse, eine seltsame Handlung vollziehend und ihre letzten Worte wiederholend?

War sie etwa drogensüchtig gewesen? Die Szene erinnerte mich an das Verhalten von Dealern und ihren Kunden im Bahnhofsviertel größerer Städte. Langsam wurde mir kalt.

Ich ging zurück ins Bett und lauschte schlaflos dem Heulen des Windes bis zum Morgengrauen.

Wie gerädert trat ich meine Reise an, und mir graute vor der langen Autofahrt. Unablässig musste ich an den Traum denken, und mir wurde immer mehr bewusst, dass sich die letzten Worte meiner Tante nicht auf meinen Schnäppchen-Ring bezogen hatten. Sie selbst musste etwas getan haben, was sie nicht mit ihrem Gewissen vereinbaren konnte.

Erschöpft erreichte ich am Abend die Heidelberger Altstadt. Im Laden brannte noch Licht, denn mein fleißiger Mitarbeiter sortierte noch Kassenbelege. Er lächelte, als er mich vor der Tür sah und eilte herbei, um aufzuschließen.

»Hallo Kerstin, schön, dass du wieder da bist! Ich wollte unbedingt warten, bis du wohlbehalten eingetroffen bist.«

»Danke. Das ist nett von dir, Jörn«, sagte ich beim Hineingehen, und meine Stimme hörte sich seltsam kraftlos an. Er sah mich fragend und besorgt an.

»Es war sicher schwer für dich, den Haushalt deiner Tante aufzulösen. Am besten, du gehst gleich nach oben und ruhst dich aus. Ich schließe ab, wenn ich gehe.«

»In Ordnung«, flüsterte ich. Jörn klopfte mir auf die Schulter und holte seine Jacke.

»Also, bis morgen!«

Er hatte die Tür noch nicht richtig hinter sich zugezogen, als mich Angst überkam. Angst vor meiner leeren Wohnung und vor weiterem Alleinsein mit den Gedanken, die seit Stunden in meinem Kopf rotierten.

»Jörn!«, schrie ich ihm hinterher. Sofort kam er wieder herein und schloss die Tür hinter sich.

»Was ist los mit dir, Kerstin? Kann ich dir irgendwie helfen?«

Ich fegte sämtliche Bedenken, er könnte das Ganze missverstehen, zur Seite und trat dicht an ihn heran.

»Ich kann jetzt nicht alleine sein. Bitte bleib noch ein bisschen bei mir!«

Jörn nickte verständnisvoll, und wir gingen nach oben in meine Wohnung. Dort erzählte ich von meinem Traum, dem Sterben und den letzten Worten meiner Tante. Sein Gesicht war ernst, während er zuhörte. Als ich meine Ausführungen beendet hatte, schwieg er lange. Endlich räusperte er sich.

»Ist deine Tante jemals in Ägypten gewesen?«, fragte er.

»Selbstverständlich!«, antwortete ich wie aus der Pistole geschossen. »Mehrere Male sogar. Sie hat dort für einen Verlag fotografiert, der auf archäologische Fachbücher spezialisiert war, so weit ich weiß. Und sie hat …

Souvenirs eingekauft«, ergänzte ich schwach lächelnd. Beim letzten Satz war Jörn hellhörig geworden.

»Welche Art von Souvenirs?«, fragte er.

»Ach, eben solche Skulpturen von Pharaonen und, ich glaube, Hunde- und Katzenfiguren. Das ganze Zeug liegt jetzt bei mir im Kofferraum.«

»Schlüssel!« Jörn bellte beinahe.

Verwirrt reichte ich ihm den Bund, und er eilte hinunter auf die Straße. Ich lehnte mich zurück. Fast musste ich lächeln. Was würde Jörn über meine Tante denken, wenn er in wenigen Minuten ihre skurrile Souvenir-Sammlung zu Gesicht bekam?

Gemeinsam leerten wir den großen Karton aus. Eiffeltürme und russische Püppchen wurden rasch zur Seite gelegt. Es waren die ägyptischen Skulpturen, die Jörn interessierten.

»Das ist die Katzengöttin Bastet, besser gesagt, eine billige Gipsreplik. »Und das hier ...«

»Ja?«

Fasziniert starrte er auf die kleine Figur eines liegenden Hundes in seiner Hand.

»Das ist Anubis. Schakalköpfiger Gott der Einbalsamierer und Begleiter der Toten.«

»Also kein Hund, sondern ein Schakal!«, konstatierte ich.

»Ja, ein Schakal. Die Mythologie erzählt, dass er die Toten zum Totengericht begleitet und aufpasst, dass dort alles mit rechten Dingen zugeht. Wenn das Herz des Toten gegen die Feder der Wahrheit aufgewogen wird, passt Anubis auf, dass die Waage auch richtig justiert ist.«

Fasziniert hörte ich zu. Was Jörn alles wusste!

Behutsam legte er die Figur auf den Tisch. Der Schakal schien mich direkt anzusehen.

»Ich fürchte, du hast ein Problem«, seufzte Jörn.

»Warum?«, flüsterte ich.

»In Ägypten leben seit Jahrtausenden ganze Dynastien von Grabräubern. Sie stehlen und verkaufen Kunstgegenstände, die eigentlich dazu bestimmt waren, die Toten auf ihrer Reise zu begleiten. Und diese Figur hier ist nicht aus Gips, sondern aus Stein. So weit ich es beurteilen kann, ist sie echt. Und somit Eigentum Ägyptens.«

Allmählich wurde mir klar, was ich in meinem Traum gesehen hatte: Tante Agatha beim illegalen Erwerb von Kulturgut. Dieser Fehltritt musste sie so sehr belastet haben, dass sie ihm sogar ihre letzten Worte gewidmet hatte. Und wenn an der Mythologie tatsächlich was dran war, hatte Agatha, salopp gesagt, vor dem Totengericht denkbar schlechte Karten. Schließlich hatte sie den »Hüter der Gerechtigkeit« entführt.

»Ich gebe die Skulptur zurück«, sagte ich. »Ich weiß nur nicht, wie ich es anstellen soll. Schließlich möchte ich nicht, dass meine Tante, auch wenn sie tot ist, als Kulturgutdiebin gilt.«

Jörn nickte und sagte: »Uns wird schon etwas einfallen.«

Bald darauf verabschiedete er sich und ging nach Hause.

Für mich begann eine Reihe schlafloser Nächte, die Tage verbrachte ich in einer Art erschöpften Rauschzustandes. So konnte es nicht weitergehen. Irgendwann beschloss ich, die Skulptur anonym an das Ägyptische Museum in Kairo zu schicken. Wenn sie echt war, hatte ich einen Diebstahl rückgängig gemacht. Und wenn sie lediglich eine Replik war, würden das die Experten dort sehr bald merken.

»Gute Reise, lieber Anubis!«, flüsterte ich beim sorgfältigen Verpacken der Figur. »Mir tut es Leid, dass du entführt wurdest. Meiner Tante sicherlich auch. Vielleicht kannst du ihr verzeihen und nachträglich ein gutes Wort für sie beim Totengericht einlegen?«

Als ich mich am folgenden Wochenende zum endgültigen Putzen des Häuschens auf den Weg nach Sylt machte, fuhr ich in Hannover von der Autobahn ab, um das Päckchen aufzugeben.

Beim Verpacken hatte ich Handschuhe getragen und die Skulptur selbst mit einem edlen Seidentuch abgewischt. Respekt, wem Respekt gebührt.

Ich war erleichtert, als ich weiter Richtung Norden fuhr.

Kaum war ich auf der Insel angekommen, riefen meine lieben Brüder an, um abzusagen. Rudis Kinder waren angeblich allesamt erkrankt, und Frank hatte einen »lebenswichtigen« Auftrag von einem Möbelhaus erhalten.

»Ach Kerstin, das bisschen Putzen kriegst du doch allein auf die Reihe, oder?«, hatten beide gesagt und bald darauf aufgelegt. Ich hatte nichts anderes erwartet. Doch mein Herz war so leicht geworden, seit ich die Skulptur nach Ägypten geschickt hatte, dass der Ärger über Rudi und Frank bald verflog. Ich arbeitete wie eine Besessene und konnte das Häuschen am Montagvormittag seinem Besitzer, Herrn Hansen, blitzblank übergeben. Ich rief Jörn im Laden an um ihm zu sagen, dass ich in Richtung Heidelberg unterwegs war.

»Pass gut auf dich auf!«, sagte er sanft, und ich freute mich, ihn bald wiederzusehen. Ich konnte mich darauf verlassen, dass er niemandem ein Wort über Anubis und den Fehltritt meiner exzentrischen Tante erzählen würde. Ihm hatte die Idee, die Schakalfigur in ihre Heimat zurückzuschicken, ebenso gut gefallen wie mir.

Schon in Westerland fing der Ärger an. Ich hatte den Autozug knapp verpasst und musste auf den nächsten warten. Und später, vor dem Elbtunnel, stauten sich kilometerlang die Fahrzeuge. Irgendwann löste sich der Stau auf, aber der Verkehr blieb zähflüssig. Quälend langsam bewegte ich mich südwärts. Als ich, endlos erscheinende Stunden später, Kassel hinter mir gelassen hatte, war es schon dunkel. Ich war so müde, dass das Weiterfahren eine Gefahr für mich und andere dargestellt hätte. Außerdem lockten im Kofferraum Kaffee und Mineralwasser. Beim nächsten Rastplatz fuhr ich raus. Dieser lag an einem düsteren Waldrand, und es gefiel mir nicht, dass keine anderen Menschen zu sehen waren. Ich widerstand dem Impuls weiterzufahren, um einen belebteren Ort aufzusuchen, denn meine Lider waren schwer wie Blei und die Kehle wüstentrocken. Mir wird schon nichts passieren, dachte ich, als ich ausstieg, um den Kofferraum zu öffnen.

In meiner Kühltasche kramend, vernahm ich das Knacken von Ästen und sah mich kurz um. Kalte Panik kroch in mir hoch. Aus dem Dunkel des Waldes lösten sich die Gestalten von zwei Männern und liefen auf mich zu. Die Angst ließ mich erstarren, ich konnte mich, alptraumähnlich, nicht von der Stelle rühren. Die Gestalten waren bereits neben und hinter mir. Ich roch deren schlechten Atem und fühlte einen brutalen Würgegriff um meinen Hals.

»Geld her, sonst passiert was!«

Ich zeigte auf meine Handtasche, die auf dem Beifahrersitz lag. Der kleinere der beiden Gangster zerrte sie aus dem Auto und kippte den Inhalt auf den Asphalt. Er nahm den Geldbeutel und zertrat die Schminkutensilien und meine Brille. Plötzlich hatte der andere Kerl, der mich nach wie vor festhielt, ein Messer.

»Jetzt noch die Autoschlüssel, aber dalli!«

Bevor ich irgendetwas tun oder sagen konnte, stieß er meinen Kopf so heftig gegen die Karosserie meines Autos, dass meine Beine einknickten. Ein metallischer Geschmack breitete sich in meinem Mund aus, während ich auf den Asphalt sackte.

Beide Männer kauerten sich zu mir hinunter und zerrten an meiner Kleidung. Ich dachte an Tante Agatha. Ihr Bild erstand vor meinem geistigen Auge. Sie lächelte. Völlig entspannt.

Aus dem Wald drangen seltsame, winselnde Laute. Die Verbrecher schienen nichts davon zu hören, ungerührt und mit unglaublicher Brutalität entrissen sie mir Uhr und Ring. Plötzlich sah ich aus den Augenwinkeln einen großen schwarzen Hund aus dem Wald kommen und auf uns zurennen. Gelbe Augen leuchteten zornig. Mit Furcht erregendem Knurren stürzte er sich auf die Männer, seine dolchartigen Zähne stießen in ihre Körper. Die Schmerzensschreie der üblen Kerle waren das Letzte, was ich hörte, bevor ich endgültig das Bewusstsein verlor.

Mittlerweile geht es mir jeden Tag ein bisschen besser.

Die Schwellungen in meinem Gesicht klingen ab, und auch der Schock sitzt nicht mehr ganz so tief. Jörn besucht mich jeden Abend im Krankenhaus. Gestern hat er mir sogar Blumen mitgebracht und sich später mit einem sanften Kuss von mir verabschiedet.

Die Gangster, die mich überfallen haben, sind unweit des Rastplatzes gefasst worden. Es handelte sich um zwei polizeilich gesuchte, mutmaßliche Raubmörder, die mich wahrscheinlich auch umgebracht hätten, wenn der geheimnisvolle Hund nicht eingegriffen und sie schwer verletzt hätte. Obwohl ich denke, dass es kein Hund war. Eher ein Schakal.

Adipocire

Frieder Derr stutzte, als seine Füße plötzlich nass wurden. Normalerweise ließen die Stahlkappenschuhe keinen Tropfen durch. Er schnitt die Fensterbank zu Ende, stoppte die Maschine und sah nach unten. Er stand in einer Pfütze aus Schlammwasser, die jede Sekunde größer wurde. Er bückte sich und sah, dass die Ablaufrinne hinter dem Schneidetisch, welche das mit Steinstaub vermengte Kühlwasser des Schneideblatts zum Schlammwasserbecken transportieren sollte, über lief. Irgendetwas stimmte hier nicht, und zu allem Überfluss war auch noch Samstag. Vorsichtig, um nicht auszurutschen, ging er zum anderen Ende der Halle und überprüfte die Schlammsäcke. Dafür, dass sie schon vor acht Wochen geleert worden waren, hatten sie zu wenig Inhalt. Vielleicht war die Pumpe im Schlammwasserbecken kaputt und brachte den gesamten Kreislauf zum Erliegen? Er musste der Sache auf den Grund gehen, denn drei Granit-Unmaßplatten »Rosa Beta« warteten darauf, zu Fensterbänken zurechtgeschnitten zu werden, die er am Montag versetzen sollte. Er konnte die Überschwemmung nicht ignorieren und einfach weiterschneiden, denn die Wasserlache bewegte sich schon in Richtung Büroräume. Sein Chef, Herbert Neuhof, besuchte gerade die Natursteinmesse in Nürnberg und würde erst am nächsten Tag zurückkehren. Frieder betrat eines der Büros und suchte nach der Nummer des Entsorgungs- und Rohrreinigungsbetriebes. Er wurde rasch fündig und hackte die Nummer ins Telefon. Er wollte schon resigniert auflegen, als sich eine leicht gehetzte Stimme meldete. »Entsorgungsfachbetrieb Müller, guten Tag!«

»Neuhof Naturstein GmbH, Derr. Wir haben hier die reinste Überschwemmung! Ich glaube, unser Schlammwasserbecken ist voll, die Pumpe scheint kaputt zu sein.«

Kurzes Schweigen am anderen Ende. Frieder trat von einem kalten Fuß auf den anderen.

»Ich komme sofort. Industriering?«

»Ja, genau. Danke, dass Sie mich nicht im Stich lassen!«

Frieder atmete durch und legte auf. Er ging in den Aufenthaltsraum, zog die Sicherheitsschuhe aus holte Ersatzsocken und Gummistiefel aus seinem Spind. Er ging in die Halle, unter welcher sich Schlamm- und Frischwasserbecken befanden und öffnete die schweren Tore. Um keine unnötige Zeit zu verlieren, versuchte Frieder, die Abdeckungen über den Becken zu entfernen. Doch die Betonplatten waren wie festgefressen. Kein Wunder, dachte er. Seitdem der Schlamm in den Säcken aufgefangen wurde, war das Schlammbecken nur noch eine Durchlaufstation, in welcher sich nur wenig Bodensatz bildete, und die dementsprechend selten geleert werden musste.

Ein schwerer LKW näherte sich und stieß rückwärts in die Halle. Herr Müller sprang aus dem Führerhaus und nickte Frieder, den er vom Sehen kannte, zu.

»Na, auch am Samstag fleißig?« Frieder nickte und deutete auf den Boden. »Ich hab schon versucht, die Abdeckungen zu entfernen. Die verfluchten Dinger rühren sich keinen Millimeter!« Die Männer versuchten es gemeinsam, rissen abwechselnd an den Ringgriffen. Ohne Erfolg.

»Ein Meißel wäre nicht schlecht«, murmelte Müller, und Frieder holte das Werkzeug aus dem Geräteraum. Müller kniete sich auf den Boden und klopfte den Meißel in die kaum noch sichtbare Fuge zwischen Boden und Abdeckung.

»Jetzt könnte es klappen!« Müller griff nach dem Ring, und die Betonplatte ließ sich endlich nach oben und zur Seite ziehen. Das Becken war voll mit Schlamm, die Pumpe war nicht zu sehen. Frieder entfernte die Platte, die das benachbarte Frischwasserbecken abdeckte. Als er ins halb volle Becken sah, erstarrte er. Auf dem Grund lag ein Körper.

»Was ist los, Mann?«, raunzte Müller, doch Frieder konnte nicht antworten, nur auf das Becken zeigen.

Der Entsorgungsfachmann warf einen Blick hinein und trat einen Schritt zurück.

»Verdammter Mist. Wir müssen die Polizei holen!«, sagte er mit heiserer Stimme.

Wie im Traum bewegte sich Frieder zum Büro. Seine Finger zitterten, als er die Nummer der Polizei tippte. Die Beamtin am Telefon musste ihn beruhigen, nur stotternd konnte er den Vorfall schildern und die Adresse nennen.

»Wir kommen sofort, rühren Sie bitte nichts an!«

Frieder fühlte sich plötzlich sehr allein und lief zurück in die Halle, wo Müller wie versteinert stand.

»Sie kommen gleich. Wir sollen nichts anfassen.«

Die Männer setzten sich ins Führerhaus des Pumplasters und rauchten.

»Eine Idee, wer das sein könnte?«, fragte Müller und stieß den Rauch durch die Nase aus.

»Keine Ahnung«, antwortete Frieder und drückte die nur zur Hälfte gerauchte Zigarette im Aschenbecher aus.

»Ich geh mal zum Haupttor an der Straße.«

Drei Minuten später kam Frieder, in Begleitung von zwei Uniformierten und einem blonden Mittvierziger im Trenchcoat, zurück. Müller stieg aus dem Laster.

»Hauptkommissar Lux«, stellte sich der Trenchcoatträger vor und ging vorsichtig zum Becken. »Schmied, rufen Sie den Pathologen und die Spurensicherung!«, rief er in Richtung der Uniformierten, worauf einer der beiden zum Mobiltelefon griff. Hauptkommissar Lux nahm die Personalien von Müller und Frieder auf.

»Wer ist der Inhaber dieses Betriebes?«, fragte er anschließend.

»Herbert Neuhof, mein Chef. Er ist aber zur Zeit in Nürnberg, auf der Natursteinmesse. Mit seiner Frau.«

Lux machte sich eine kurze Notiz.

»Wann kommt er zurück?«

»Am Sonntag, also morgen.«

»Wer ist hier sonst noch zuständig, gibt es einen Geschäftsführer oder Prokuristen?«

Frieder überlegte kurz.

»Der alte Neuhof, ich meine, der Seniorchef, kommt manchmal vorbei und hilft Frau Neuhof im Büro. Er ist im Moment im Krankenhaus, das Herz, und … das mit der Leiche … würde ihn schrecklich aufregen.«

Lux nickte und bat Frieder, ihm trotzdem die Adresse des Seniorchefs und die sämtlicher Mitarbeiter aufzuschreiben.

Der Pathologe und zwei Techniker der Spurensicherung trafen ein, grüßten knapp und zogen weiße Schutzanzüge an.

Kommissar Lux bat den jüngeren Uniformierten, mit Müller und Frieder im Aufenthaltsraum zu warten. Enttäuscht und erleichtert zugleich verließen sie den Leichenfundort.

Zuerst wurde fotografiert. Der Pathologe, Dr. Klemmer, ermittelte Raum- und Wassertemperatur. Letztere betrug 5° Celsius. Die Kriminaltechniker entnahmen Wasserproben, maßen den Wasserstand und errechneten das Füllungsvermögen des Beckens. Nach kurzer Zeit rief Dr. Klemmer:

»Wir können jetzt abpumpen lassen.« Lux bat den Uniformierten, Müller zu holen. Das Wasser wurde abgepumpt und Müller nach getaner Arbeit wieder in den Aufenthaltsraum geschickt. Ein Techniker und Dr. Klemmer stiegen über eine Leiter ins Becken. Sie fotografierten den Körper von allen Seiten, bevor er bewegt wurde. Anschließend begann der Pathologe, die Leiche zu untersuchen und seine Erkenntnisse in ein Diktiergerät zu sprechen.

»Leiche männlich, weiß, circa einen Meter achtzig groß, Alter dreißig bis vierzig Jahre, schlank, mit blauem Arbeitsoverall, weißen Tennissocken und hellen Sportschuhen der Marke »Nike« bekleidet. Sichtbare Hautpartien grauschwarz verfärbt, kaum Verwesungsanzeichen, starke Ausbildung von Adipocire, Leichenwachs, wahrscheinlich durch langes Liegen in kaltem Wasser hervorgerufen.«

Dr. Klemmer drehte den Leichnam herum.

»Keine äußeren Verletzungen des Kopfes, aber offenbar Fraktur der rechten Schulter, des rechten Armes und einiger Rippen.«

Der Pathologe stieg aus dem Becken und nickte Lux zu.

»Er kann jetzt in die Gerichtsmedizin verbracht werden. Den Obduktionsbericht erhalten Sie morgen um elf.«

»Nicht früher?«, fragte Lux enttäuscht.

»Definitiv nicht. Ich wünsche einen angenehmen Abend!«

»Dito, Doktor, dito.«, murmelte Lux und lächelte kurz.

Dr. Klemmer und die Techniker verließen den Natursteinbetrieb, und Kommissar Lux ließ sich im Aufenthaltsraum die Liste der Mitarbeiter geben.

»Wir würden Sie morgen gern noch einmal befragen«, sagte er zu Frieder. »Können Sie um zwölf Uhr hier sein?«

»Aber morgen ist doch Sonntag!«, erinnerte Frieder.

»Ich weiß. Ich möchte Sie aber trotzdem sprechen. Wer hat Schlüssel vom Betrieb?«

»Herr Neuhof, sein Vater, seine Frau und … ich.«

»Gut, dann geben Sie mir Ihre Schlüssel und gehen heim.«

»Aber ich muss doch noch drei Unmaßplatten zu Fensterbänken schneiden! Und um die Pumpe im Schlammbecken muss ich mich auch kümmern!«

Der Kommissar stutzte. »Was sind Unmaßplatten?«

»Große Steintafeln, Marmor oder Granit, aus welchen Fensterbänke, Abdeckplatten und Treppenstufen geschnitten werden«, erklärte Frieder. Lux hörte interessiert zu.

»Es tut mir Leid, aber hier darf vorerst nicht gearbeitet werden.« Frieder war nicht begeistert.

»Das erklären Sie mal Herrn Neuhof.«

»Worauf Sie sich verlassen können.«

Pünktlich um elf Uhr am Sonntag erhielt Kommissar Lux den Obduktionsbericht. Es blieb ihm nur wenig Zeit, denselben zu studieren, denn er hatte die Eheleute Neuhof in Nürnberg erreicht und sie, wie sämtliche Mitarbeiter, für zwölf Uhr zum Betrieb bestellt. Die Obduktion hatte ergeben, dass der Mann multiple Knochenbrüche erlitten hatte, daran aber nicht gestorben war. Die Todesursache war inneres Verbluten. Der Todeszeitpunkt konnte wegen der starken Leichenwachsausbildung nicht ermittelt werden. Es war möglich, dass die Leiche schon seit Jahren im Wasser gelegen hatte.

Fünf vor zwölf erreichten Lux und sein Assistent Franke den Betrieb im Industriering. Zeitgleich hielt ein schwerer Mercedes im Hof und ein dicklicher, teuer gekleideter Mann stieg aus. Eine Frau mit Sonnenbrille blieb im Wagen sitzen.

»Herbert Neuhof«, stellte sich der Betriebsinhaber vor und reichte Lux eine schwitzige Hand.

»Ich bin Hauptkommissar Lux, das ist mein Assistent Franke. Es wäre nett, wenn Sie uns ein Büro zur Verfügung stellen würden.« Herbert Neuhof nickte.

Lux entfernte das Siegel und schloss das Tor auf. Franke erhielt die Anweisung, die eintreffenden Mitarbeiter im Aufenthaltsraum warten zu lassen.

»Hier drin können Sie arbeiten!«, sagte der Dicke und deutete auf eine Tür. An seinem wurstigen Ringfinger steckte ein Brillantring. Alternder Zuhältertyp, dachte Lux.

»Möchten Sie gleich mit mir anfangen?«, fragte Neuhof.

»Nein, eigentlich nicht. Aber wenn Sie uns Ihre Frau schicken würden …?«

»Ja, sicher. Sie kommt gleich.«

Lux betrat das Büro und schob einige Akten und Pläne vom Tisch. Überall war Steinstaub. Lux wischte den Bürostuhl ab und stellte einen weiteren an die andere Seite des Tisches. Kurz darauf klopfte es an der Tür.

»Herein«, rief Lux, und eine bemerkenswert attraktive Frau, dunkelhaarig und wesentlich jünger als Neuhof, kam herein.

»Guten Tag, Frau Neuhof! Elena Neuhof, nehme ich an. Mein Name ist Lux, Hauptkommissar. Bitte setzen Sie sich.«

Die Brünette nickte, nahm gegenüber Platz und sah ihn aus kalten grünen Augen an.

»Kennen Sie diesen Mann?«, fragte Lux und legte ihr ein Foto vom Gesicht des Toten vor. Elena Neuhof griff nach dem Bild und betrachtete es gelangweilt.

»Nein. Nie gesehen.«

»Sicher?«, hakte Lux nach.

»Absolut. Und wer soll das sein?« Ihre Stimme war kalt.

Lux antwortete nicht und entließ die Frau.

»Arrogante Zicke!« fluchte er, nachdem sie hinausgestöckelt war.

Die drei Mitarbeiter, die anschließend befragt wurden, kannten den Toten auch nicht. Lux glaubte ihnen, auch deshalb, weil sie noch nicht lange im Betrieb arbeiteten. Er schickte sie ohne Bedenken nach Hause.

Als er Herbert Neuhof das Foto vorlegte, erlebte er eine Überraschung. Die Gesichtszüge des Dicken entgleisten und Lux glaubte, sogar Tränen in den Schweinsaugen zu sehen.

»Es ist Stanislaus. Er hat … für mich gearbeitet.«

Lux erhob sich und beugte sich über den Tisch.

»Nachname?«

Neuhof schüttelte den Kopf. »Weiß ich nicht mehr.«

»Das glaube ich Ihnen nicht! Sie müssen doch die Namen Ihrer Mitarbeiter kennen! Wo sind die Lohnbelege?«

Herbert Neuhof verbarg sein Gesicht in den Händen, als er stockend erzählte.

»Stanislaus ist … war Pole, illegal in Deutschland. Ich wollte ihm helfen und habe ihm … Arbeit gegeben.«

Kommissar Lux spürte seine Gesichtsmuskeln vibrieren. Angewidert sah er auf den Brillanten des überernährten Sklaventreibers.

»Helfen nennen Sie das? Der Mann lag tot in Ihrem Wasserbecken!«

»Das habe ich nicht gewusst!«, rief Neuhof und erhob sich so rasch, dass sein Stuhl beinahe umgefallen wäre.

»Setzen Sie sich wieder!«, brüllte Lux und wusste, dass er sich zusammennehmen sollte. »Warum haben Sie ihn getötet?«

»Ich habe ihn nicht getötet. Er ist eines Tages einfach spurlos verschwunden, um Weihnachten 2001 herum.«

Neuhof setzte sich wieder und sah Lux offen ins Gesicht.

»Ich habe gedacht, er ist wieder nach Polen zurück, er hatte da Familie.«

»Soso, nach Polen zurück! Ich werde Ihnen jetzt erzählen, wie es war: Stanislaus hat sich bei der Arbeit verletzt, ist wahrscheinlich zwischen zwei so genannten Unmaßplatten eingequetscht worden. Und Sie haben den armen Kerl, weil er nicht versichert war, sterben lassen! Ich kriege Sie, Mann!«

Lux lief zur Tür und öffnete sie.

»Franke, bringen Sie mir Herrn Frieder Derr!«, brüllte er hinaus. »Und Sie bleiben hier!«, faucht er Neuhof an.

Frieder Derr klopfte und trat ein. Lux bot ihm seinen Stuhl an. Er selbst blieb stehen, keinen der Männer aus den Augen lassend. Er reichte Frieder das Foto.

»Herr Derr«, sagte er mit sanfter Stimme, »kennen Sie diesen Toten?« Lux hätte seinen Kopf gewettet, dass der

Blick kommen würde. Und er kam. Frieder schaute kurz, aber deutlich sichtbar, zu seinem Arbeitgeber hinüber.

»Nein. Ich kenne ihn nicht.« Lux wusste, dass er log, um seinen Chef und seinen Arbeitsplatz zu schützen.

Neuhof wollte die Situation retten.

»Frieder, schau ihn dir noch einmal an! Vielleicht kennst du ihn doch.«

Lux war überrascht, es schien ihm, als wolle Neuhof in erster Linie seinen Mitarbeiter vor dem Fehler bewahren, die Polizei zu belügen. Frieder und Neuhof sahen sich an. Lux spürte eine fast greifbare Sympathie, eine heutzutage zwischen Arbeitgebern und Arbeitnehmern seltene, gar aussterbende, gegenseitige Achtung. Vielleicht war Neuhof gar nicht so schlecht, wie er dachte. Endlich begann Frieder zu sprechen.

»Der Tote ist Stanislaus, wir haben ihn Stani genannt. Er hat hier so vor drei Jahren gearbeitet. War ein netter Kerl gewesen, nur … ziemlich hinter den Frauen her. Auch …«

»Ja?«, fragte Lux leise. Frieder Derr wurde unruhig.

»Ich will niemanden belasten. Möchte nicht, dass jemand, der unschuldig ist, Schwierigkeiten bekommt.«

»Wer unschuldig ist, bekommt keine Schwierigkeiten!«, erklärte Lux im Brustton der Überzeugung.

»Also gut«, seufzte Frieder, »es tut mir Leid, Chef.«

Neuhof nickte Frieder ernst, aber wohlwollend, zu.

»Der Stani hat was mit der Chefin gehabt.«

Lux beobachtete, wie Neuhof in sich zusammensank.

»Erzählen Sie weiter!«

»Eines Tages, ich wollte gerade im Aufenthaltsraum was holen, da hat der Stanislaus mit der Chefin gestritten. Sie hat geschrien wie eine Furie, aber ich bin dann wieder zurück auf die Baustelle. Wollte ja nicht lauschen. Aber am nächsten Tag … ist der Stani nicht mehr gekommen.« Frieder sah auf den Boden und weinte. Neuhof stand auf, ging zu Frieder und tätschelte ihm die Schulter. Lux spürte, dass noch nicht alles gesagt war.

»Haben Sie sonst noch etwas bemerkt?«

Frieder kratzte sich am Kinn und zögerte kurz.

»Ja. Am Abend, nach dem Streit, habe ich mich darüber gewundert, dass eine der Unmaßplatten umgestürzt war.«

»Die multiplen Knochenbrüche!«, flüsterte Lux.

Nach zahllosen Verhören gestand Elena Neuhof, in einem Anfall von Eifersucht eine Unmaßplatte auf Stani gestoßen zu haben. Sie hatte erfahren, dass sie für ihn nicht die Einzige gewesen war. Lux hatte Zweifel an ihren Beteuerungen, Stani sei schon tot gewesen, als sie ihn im Wasserbecken verschwinden ließ. Die Vorstellung, dass Elena bei ihrer Entlassung aus der Haft nicht mehr jung sein würde, gab Lux ein Gefühl der Befriedigung.

Heirat

Habe mich für dich
entschieden
weil du widersprichst
mein schönster ehrlicher
Spiegel bist

Lässt mir die Freiheit
die ich zum Bleiben
brauche
ein Hafen bist du
im Lebenssturm Anker
willst mich nicht formen
neu erschaffen
nimmst mich mit allen
Kanten und Falten
bist fähig zum fairen
Nebeneinander
erzwingst kein
erstickendes
Dauer-Miteinander

Hast wie ich schon
gelebt und geliebt
verletzt und Fehler gemacht
Perfektion ist unnahbar
trotzdem weiß ich
unsere Zeit wird
wunderbar!

Mondscheingespräche

Es musste, fast auf den Tag genau, vor zwei Jahren gewesen sein, dass mich mein junger Vetter Robert um ein Gespräch unter vier Augen gebeten hatte.

So waren wir bei Anbruch der Dämmerung die sanften grünen Hügel hinauf gewandert, schweigend, bis die Vegetation karger geworden war, und wir jene Stelle erreicht hatten. Neben einem teilweise entwurzelten Baum, der dem Sturz in die unter ihm liegende Schlucht aber noch widerstanden hatte, waren wir stehen geblieben, und Robert hatte mir seinen schweren inneren Konflikt geschildert. Nach langem Betrachten des vollen Mondes über der Schlucht hatte ich versucht, ihm Mut zu machen.

»Heirate Celia, wenn du sie so sehr liebst.«

»Ich weiß nicht, ob Liebe allein ausreicht. Bin ich ihrer überhaupt würdig?«

Robert war schon damals, trotz seiner Jugend, ein verantwortungsvoller, nachdenklicher Mann gewesen. Vielleicht ein wenig zu ernst, zu ängstlich.

»Allein deine Fragen zeigen, dass du ihrer würdig bist.«

»Aber ich bin nur ein kleiner Beamter. Was kann ich ihr schon bieten?«

»Nicht die materiellen Güter zählen, sondern die inneren.«

Ganz langsam hatten sich Roberts nachdenkliche Züge in ein kleines Lächeln verwandelt.

»Ich werde sie morgen fragen.«

Zwei Jahre später befanden wir uns wieder an der gleichen Stelle. Und wieder bewunderte ich den Lebenswillen des Baumes, der noch immer, von milchigem Mondlicht beschienen, über der Schlucht die Stellung hielt. Was ich damals nicht bemerkt hatte, war die Tatsache, dass der Baum von einem kleinen Felsen gestützt wurde.

Diesmal sprachen wir nicht über Liebe und Verantwortung, sondern über den Tod. Gespenstisch war die Szenerie, die uns umgab. Fast leblose Natur und der mutige Baum, der seine dürren Äste drohend gen Himmel erhob.

Sie war tot, die Frau, die mein Vetter so sehr geliebt und kurz nach unserem Gespräch vor zwei Jahren geheiratet hatte.

Im Kindbett gestorben. Robert fühlte sich schuldig und unfähig, den Jungen zu akzeptieren und ihm einen Namen zu geben. Majestätisch schwebte der Mond über der Schlucht.

»Er scheint genau so wie damals. Als wäre nichts passiert. Als läge meine Welt nicht in Trümmern.«

Roberts Stimme war kaum mehr als ein Flüstern. Regungslos starrte er den vollen Mond an. Ich antwortete nicht gleich, legte aber meinen Arm um Roberts Schultern und betrachtete ebenfalls den Mond. Nein, er zeigte wirklich keine Anteilnahme am Schicksal meines Vetters.

»Würde es dir besser gehen, wenn er aufgehört hätte, Licht zu spenden?«

Robert schwieg lange, bevor er antwortete.

»Nein, wahrscheinlich nicht. Ich fühle mich so einsam, so überfordert. Ich weiß nichts mit dem Kind anzufangen.«

»Du kannst es nicht lieben, nicht wahr?«

Wächsern, fast leichenhaft wirkten seine Züge. Der Kummer hatte tiefe Falten in das scheinbar um Jahre gealterte Gesicht gezeichnet.

»Nein. Wahrscheinlich niemals.«

»Versuch es. Nur weil es Dinge gibt, die bleiben, können wir existieren. So wie der Mond bleibt, unberührt, egal ob Frieden oder Krieg, ob Freude oder Leid, so muss die Liebe bleiben.«

Robert sah mich an.

»Die Liebe muss bleiben«, wiederholte er langsam, geradezu sorgfältig, meine Worte.

»Ja. So ist es.«

»Aber der Schmerz ist so stark, dass mir die Kraft fehlt, zu lieben, verstehst du?«

Ich verstand sehr wohl, wollte ihn aber nicht noch in seiner schlechten Stimmung bestärken. Ich vermied es, ihn anzusehen. Richtete meinen Blick auf den Baum. Räusperte mich nach einer Weile.

»Celias Tod hat dich entwurzelt, aber nicht ganz.«

»Doch. Ganz und gar.«

Jetzt wandte ich mich ihm direkt zu. Sah in sein Gesicht.

»Eben nicht. Denn noch suchst du das Gespräch, eine Perspektive.«

Gedanken brachten Leben in sein Gesicht. Der Zeitpunkt war günstig, weiter zu sprechen.

»Siehst du den Stein, der den Baum stützt?«

»Ja. Warum?«

»So, wie der kleine Felsen den Baum stützt, wird dich

dein Sohn stützen. Mit seiner Liebe. Denn die Liebe bleibt.«

Robert nickte langsam. Lächelte sogar ein wenig.

»Lass uns jetzt gehen.«

Vorsichtig einen Fuß vor den anderen setzend, machten wir uns auf den Heimweg.

Ich drehte mich noch einmal um. Verneigte mich in Richtung Mond. Dankte ihm. Dafür, dass er unbeeindruckt weiterscheint. Und uns Gewissheit gibt, dass manches bleibt. Egal, was kommt.